領主と無垢な恋人

マーガレット・ウェイ 作

柿原日出子 訳

ハーレクイン・イマージュ

東京・ロンドン・トロント・パリ・ニューヨーク・アムステルダム
ハンブルク・ストックホルム・ミラノ・シドニー・マドリッド・ワルシャワ
ブダペスト・リオデジャネイロ・ルクセンブルク・フリブール・ムンバイ

WEDDING AT WANGAREE VALLEY

by Margaret Way

Published by Harlequin Japan, a Division of K.K. HarperCollins Japan, 2024

マーガレット・ウェイ

息子がまだ赤ちゃんの頃から小説を書き始め、執筆しているときが最も充実した時間だった。楽しみは仕事の合間を縫って画廊やオークションに出かけることで、シャンパンには目がなかった。オーストラリアのブリスベン市街を見下ろす小高い丘にある家に暮らしていたが、2022 年 8 月、惜しまれながら 87 年の人生に幕を下ろした。1971 年にデビューしたミルズ & ブーン社で、生涯に 120 作を超えるロマンスを上梓した。

主要登場人物

アラーナ・キャラハン……………………牧羊業従事者。愛称ラナ。
アラン・キャラハン………………………アラーナの父。
キーラン・キャラハン……………………アラーナの兄。
ヴァイオレット・デンビー………………アラーナのいとこ。
ローズ・デンビー…………………………アラーナのいとこ。
ガイ・ラドクリフ…………………………大規模な牧羊場と農園の経営者。
アレクサンドラ・ラドクリフ……………ガイの妹。愛称アレックス。
サイモン・ラドクリフ……………………ガイのいとこ。アラーナの幼なじみ。
レベッカ・ラドクリフ……………………サイモンの母。

1

アラーナ・キャラハンはいつも鳥たちより早く目を覚ます。ちょうど谷が魔法にかかる時刻だ。霧が大地を覆い、峡谷を滑るように流れるが、太陽がのぼるや、またたく間に消えてしまう。ときどき笑い翡翠《かわせみ》に先を越されることもあるが、彼女はほとんど毎日、夜明け前に起きた。

　静寂の中、はだしでベランダに出て、ひんやりとした空気に触れると、心が高揚する。薄いナイトドレスが微風にはためき、体に張りつく。アラーナは腕を大きく広げて思いきり伸びをした。その姿はどこか官能的だった。

　星がひとつ、まだダイヤモンドのような輝きを放っていた。

　二階のベランダからは谷を一望できた。一日のうちのどの時間でも、絵葉書のようなオーストラリアの田舎の風景を望むことができる。広い庭には色とりどりのハイビスカスや夾竹桃《きょうちくとう》、ブーゲンビリアが咲き乱れている。壁を覆ったり、陽光を求めてほかの木々を這《は》いのぼったりしていく蔓《つる》や花々も見られ、甘い蜜《みつ》が鸚鵡《おうむ》や鸚哥《いんこ》を引き寄せる。まさに楽園そのものだが、残念ながら手入れが行き届かず、あちらこちらで雑草が生い茂っていた。

　いまのキャラハン家には広い庭を維持していくだけの余裕はなかった。

　牧羊場のブライアーズ・リッジはアラーナの人生の中心だった。だが、最近は家屋もひどく傷んできた。それでも、ブライアーズ・リッジのあるワンガリー・バレーはアラーナが生まれ育った場所だ。地球上でいちばんすばらしい。彼女はとりわけ、高い尾根に生えているユーカリの木のにおいが好きだった。

アラーナは胸いっぱいに新鮮なにおいを吸いこんだ。殺菌力があるので、うがいと同じ効果がありそうだ。

ほどなく、アラーナはしぶしぶ手すりから両手を離した。夢さながらの世界だが、空が明るくなってきた。活動開始だ。

また一日が始まり、生きるための闘いが始まる。この三年、働いても働いても、牧場の経営は傾く一方だった。もちろん旱魃《かんばつ》の影響も大きい。しかし、ブライアーズ・リッジの場合は、父が悲しみに打ちひしがれ、酒におぼれて無気力になっているのが問題だった。アラーナはそれに関連して、心ひそかに谷の領主《ロード・オブ・バレー》と呼んでいるガイ・ラドクリフのことで思い悩んでいた。ガイはこれまでずっと、父に援助の手を差し伸べてくれた。彼らしくこっそりと。けれども、そのことを思うと、アラーナは気が重くなった。ガイとは子どものころからの知り合いだが、彼に対する感情には相反するものがあり、どう対処していいか混乱していた。そして、その混乱を隠すのにいつも苦労した。

由緒ある大牧羊場、ワンガリーの経営者であるガイ・ラドクリフは、間違いなくこの地域で最も成功した人物だ。慈善家としてもよく知られている。また、女性との交際に関しては秘密主義を貫くことでも有名だった。寄付や援助を惜しまないのは、自他ともに認める指導者としてラドクリフ家が谷に定住して以来の伝統だった。ガイの祖先がワンガリー・バレーを開拓したのだ。ラドクリフ家は一世紀以上ものあいだ、牧羊で富を得てきた。だが、羊毛産業が下火になると、多角経営に乗りだした。最近では、ラドクリフ・ワイン農園が資産に加えられた。最高経営責任者のガイは、数年のうちに葡萄《ぶどう》栽培を農場の中心に据えた。

ガイはラドクリフ農園のワイン製造やオリーブ栽培を監督する傍ら、最高級の羊毛を生産するという昔ながらの事業も大切にしていた。一方、ブライアーズ・リッジは、最近まで中級の羊毛を生産していたが、次の競りがうまくいかないと、破産する恐れがあった。

持ちこたえることができるだろうか？

冷たい水で顔を洗うと、アラーナはすっかり目が覚めた。柔らかなタオルで顔をふく。時間を節約するために、着るものは前夜のうちに用意してあった。今日は、友人のサイモンがすてきだと言ってくれた体にぴったりしたジーンズに、青と白のチェックのコットンシャツを合わせた。ベッドに座り、グレーのソックスの上からブーツを履いて、身づくろいは完了。羊と犬のほかに見る者はいないので、鏡で確かめる必要もなかった。


犬の名はモンティとブリッグで、どちらも美しいボーダーコリーだ。アラーナにとって、ボーダーコリーは特別な犬だった。牧羊業者の中にはボーダーコリーは気まぐれだと思っている者もいる。彼らは活発なオーストラリアン・ケルピーやオーストラリアン・シェパードを好んで使う。確かに、ボーダーコリーは充分に訓練しておかないと、予想外の行動をとる。人のかかとを噛《か》む癖もあり、客人にはあまり人気はない。けれども、すばらしい知性、羊の群れを集める能力、一日じゅう働いても疲れを知らないエネルギーが、アラーナの心をしっかりとらえて放さなかった。

アラーナはいつもの習慣で日焼け止めクリームを顔や喉に手早く塗り、唇には保護用のリップグロスをつけた。豊かなブロンドの髪は、赤いシルクのスカーフを使ってうなじのところで無造作にまとめる。最後にクリーム色のアクーブラ帽を目深にかぶり、ドアへと向かった。その間、十分ほどしかたっていないのに、光の具合は変化していた。太陽が丘の向こうからのぼると、空は夜明け前のくすんだ紫色から濃い青へと変わり、谷を金色の光で満たした。

鳥の夜明けのコーラスが最高潮に達している。都会の人間には耳を覆いたくなるほどだが、アラーナは大好きだった。無数の雄が求愛の歌をさえずっているのだ。たいていは一時間ほどで終わるが、なかには一日じゅう鳴きっ放しの鳥もいる。

今日は丘に上がり、羊たちが斜面に散らばってしまう前に集めなくてはならない。いつもなら兄のキーランが手伝ってくれるが、きのうから父の用事でシドニーに出かけていた。

ブライアーズ・リッジは多額の借金を抱えている。そのため、土地を失う可能性さえあった。このところ、父はめったに家から出なくなっていた。妻が、つまりアラーナたちの母が埋葬されているバレーから離れることができないのだ。アラーナは喉にこみあげた塊をのみこんだ。どんなにつらくても悲しくても、屈するわけにはいかない。人生は続いていくのだから。

階下は静まり返っていた。玄関ホールにある箱形の振り子時計の音がいやに大きく聞こえる。年代物だが正確に時を刻んでいたし、とても価値のあるものだった。時計も、ほかのアンティークも、すべて母が嫁いできたときに持参したものだ。ワンガリー・バレーの人間の中には、特にデンビー家の親戚《しんせき》の者たちは、アナベル・キャラハン――旧姓アナベル・デンビーは自分より身分の低い男と結婚したと見なしていた。デンビー家はラドクリフ家と同じく、由緒ある牧畜業者だった。

アラーナはマホガニーの手すりに片手をかけ、中央の階段を下りた。それから左に曲がり、母親のものだったペルシア絨毯《じゅうたん》が敷かれた広い木造の廊下を忍び足で歩いた。いまでは誰も使っていない主寝室を通り過ぎ、かつての子ども部屋へと進む。優に百八十センチを超える大柄な父は、楽しい思い出や、寄り添って眠った愛する妻の記憶に背を向けて、この小さな部屋で寝起きしていた。

半開きになったドアから、父のいびきが聞こえてきた。それだけでアラーナは安堵《あんど》した。母が亡くなって三年近くたつ。近ごろは、朝になって父が死んでいるのではないかと思うようになり、不安でたまらなかった。

人は絶望や罪悪感から命を落とすこともある。アラーナはもう少しドアを開け、部屋の中をのぞいた。父の日に焼けた端整な顔は枕《まくら》に押しつけられ、白いものがまじった黒髪はくしゃくしゃになっている。母が上等の毛糸で編んだ上掛けをかけ、長い腕をベッドの片側に投げだしていた。その指先から数センチ離れたところにからっぽのウイスキーの瓶が見える。これまでどれだけの酒瓶を捨てたことだろう、とアラーナはため息をついた。

小さなナイトテーブルの上にはアンティークの銀の写真立てがあり、満面に笑みをたたえた美しく若い女性がこちらを見ていた。ヘアスタイルは違っているが、豊かなブロンドの髪、クリーム色の肌、金褐色の大きな目は同じだ。そしてあの笑み。アラーナの写真だと言っても、疑う者はいないだろう。二人が似ていることを母がいかに喜んでいたか。

〝あなたがお年ごろになったら、ネーミングでバレーいちばんの美人に選ばれるわ〟

ネーミングというのは、ワンガリー・ワイン祭りで催される特別な行事だった。

ワイン祭りにはニューサウスウェールズ州の内外から大勢の人たちがやってくる。ワイン愛好家や音楽愛好家、食べるのが好きな人たちが、大挙して押しかける。ガイ・ラドクリフはいつも著名な演奏家を雇い、由緒ある大邸宅、ワンガリーの敷地で演奏させる。ネーミングはおよそ三年ごとに行われ、今年は実施するとすでにガイが発表していた。優勝すれば、名誉になるだけでなく、カリフォルニアのナパ・バレーにペアで行くことができた。

アラーナに参加する意思はなかった。彼女は自分のことを汗水垂らして働く地味な女だと思っていた。それにドレスを買うお金もない。十八歳の誕生日パーティに母がつくってくれた美しいドレスはまだ着られるけれど。デンビー家のいとこたちが賞を取ってくれたらいい。

ヴァイオレット、リリー、ローズと、花の名がついた三人の魅力的ないとこたちは、アラーナとはまったく別の世界に住んでいる。長女で二十七歳のヴァイオレットがいちばん魅力的だと言われているが、アラーナはローズがいちばん感じがいいと思っていた。ヴァイオレットとリリーは俗物だ。ヴァイオレットはガイと仲がいいが、まだ婚約はしていない。なぜかアラーナは、ヴァイオレットがミセス・ラドクリフになるのがいやでたまらなかった。ほかの女性が彼の妻になることを望んでもいない。不可解としか言いようがなかった。アラーナが候補者に挙がっているわけでもないし、そのことを悲しんでいるわけでもないのだから。アラーナとガイの世界はあまりにかけ離れている。おそらく、ネーミングで栄冠に輝くのはヴァイオレットだろう。

ワイン祭りはラドクリフ家が思いついたものだが、最初のネーミングが行われるきっかけとなったのはアラーナの母だった。アラーナは自分が母のように美しくなるとは思ったこともなかったし、母と違って手先が器用でもなかった。母は、キルティングや織物、裁縫、料理に長《た》けているだけでなく、家や庭を美しくして家族を幸せな気分にさせるのがとても上手だった。すべて芸術の域にまで達していた。

一方、アラーナは動物の扱いが得意で、運動能力にすぐれていた。さまざまなクロスカントリーや耐久レースに勝ち、ヴァイオレットを圧倒した。それがデンビー家の人たちの不興を買った。

いつもながらアラーナは悲しい気持ちになり、寝ている父をそのままにドアをそっと閉めた。

アラーナは丘の上の林に行くたび、父が自責の念という牢獄《ろうごく》から出てくるよう祈った。父の運転する小型トラックと大型の四輪駆動車の衝突で母が死んだのは父のせいではない。そのことは、アラン・キャラハン当人を除く誰もが知っている。

羊とワインで有名な地区を観光で訪れた四輪駆動車は、道路の中央をのんびり走っていた。そしてカーブを曲がるときに、父の運転する小型トラックと衝突した。四輪駆動車の運転手とアラン・キャラハンは軽症ですんだ。

ところが、なぜかアナベル・キャラハンはシートベルトをしていなかった。いつも、特に子どもたちと一緒のときは必ず締めていたのに。

〝シートベルトはどんなときも締めなくてはだめよ、キーラン。ラナもね〟

なのに、その日、母はシートベルトをしていなかった。たった一度の不注意で命を落としたのだ。

〝わたしが気をつけているべきだった。どうして注意を払わなかったんだ?〟

アラン・キャラハンは自分を許そうとしなかった。

明るい黄色と白を基調とした広いキッチンで、アラーナはりんごとミューズリ・バーを二つ取り、勝手口から出て馬小屋に向かった。馬小屋は家から離れた小さな放牧地の先にあった。虻《あぶ》が家に入るのが我慢できない母のために、父が結婚前に移したのだ。

すでにバディがすばらしい笑みを浮かべて待っていた。バディは十代後半の若者で、十年ほど前に勝手口に現れたみすぼらしいアボリジニだ。

しい少年を、母は風呂に入れ、アラーナのユニセックスの服を着せてから、食事を与えた。身元を調べてもらったが、バディを知る者はひとりもおらず、一家はバディを引き取ることにした。

馬の世話と馬小屋の掃除がバディの仕事だった。バディはどの仕事もまじめにこなした。キャラハン家に引き取られて学校に行かせてもらい、そのうえ仕事と住む家まで与えられたことを、バディは誇りに思っていた。

「おはようございます、ラナ」

「おはよう、バディ。いつもどおり忙しいの？」

「忙しいのが好きなんです。アランの様子はいかがですか？」バディはアラーナの父親を愛し、母親を崇拝していた。アナベルが亡くなったあと、バディは彼女の薔薇《ばら》園を丹誠をこめて世話をした。

「あまりよくないわ」アラーナは首を左右に振った。

「悲しいことです。きっと悪魔が取りついているんでしょう」

「そうかもね」アラーナは力なく言った。「けさはクリストに乗るわ」

「もう鞍《くら》をつけてあります」バディは満足げな笑みを浮かべた。若者は薄暗い小屋に入り、明るい栗《くり》色の去勢馬を連れてきた。馬小屋にいるほかの五頭と同じようにすばらしい純血種だ。

「やっぱり、バディは霊能力《サイキック》があるみたいね」少なくともアラーナはそう信じていた。

「病気《シック》になったことはありません、ミス・ラナ」バディは不安そうに言った。

「病気じゃなくて、霊能力があるということよ」アラーナは馬に乗った。「人の心が読めるんだもの」

「そうです！」バディはたちまち晴れ晴れとした顔になった。「きっとワンガリーの血がまじっているんです」

「ああ、ワンガリーがいなくなって久しいわね」アラーナは悲しそうにため息をつき、周囲の丘を見上げた。

雲ひとつない青空を背景に木々が深緑色のシルエットになって立っている。バレーはかつてワンガリーの土地だった。〝ワンガリー邸〟は、滅亡した部族に敬意を表して冠された名前だった。

アラーナは何時間もかけて羊たちを尾根から低地へと下ろしていった。羊を集め、所定の位置へと誘導するのには忍耐と技術を要する。モンティとブリッグは羊たちのまわりを軽やかに動きながら、しっかりと役目を果たした。アラーナが命令すると、犬たちは喜んで従う。なかには低木の中に逃げこもうとする反抗的な羊もいるが、モンティは羊の足をすばやく噛んで列に戻す。

敷地内を蛇行する小川が鏡の表面のようにきらきら輝いている。アラーナにとってサングラスは必需品だった。

羊たちを薬浴させないといけないが、キーランの助けがいる。兄が戻ってくるのは明後日だ。兄がいないとアラーナは寂しかった。父がこんなありさまでは生活も苦しい。心ない人たちは父のことを〝バレーの酔っ払い〟と呼んだ。

アラーナは空を見上げた。頭上を熱気球が通り過ぎていく。バレーはスカイダイビングの中心地だ。手を振ると、観光客が手を振って応《こた》えた。

ワンガリーとその周辺の谷は世界有数のワインの産地として急成長を遂げている。しかも、オーストラリア最大の都市、シドニーまで車で数時間という至便さだ。

午前も半ばになると、アラーナは空腹に耐えかねて家に戻った。二本のミューズリ・バーとりんご一個では働き者の若い女性のおなかを満たすことはできない。途中、母のみごとな薔薇園でしばし足を止め、祈りをささげた。日課だった。

アラーナは母が恋しかった。

なんとか気持ちを切り替え、アラーナはあたりを見渡した。バディはなんて賢いのかしら！　彼女は驚嘆した。母が教えたことをすべて会得している。薔薇はみごとに花を咲かせ、純白、黄色、ピンク、真紅と、色もさまざまだ。母の大好きなオールド・ローズの香りがすばらしい。旱魃であろうとなかろうと、母の薔薇園は立派な花を咲かせる。その点は葡萄も同じで、旱魃による深刻な影響を受けなかった。確かに収穫量は落ちるが、品質は上がっている。冬は雨が多く、被害をもたらす夏の嵐《あらし》もなかった。

セクシーなガイの声が聞こえてくるようだ。

〝今年は豊作になるぞ〟

まるですぐそばに立っているようにはっきりと聞こえ、アラーナはうめき声をあげそうになった。ある意味で、ガイ・ラドクリフは神だった。バレーは彼の崇拝者で満ちている。男たちは彼のようになりたいと願い、みんなが彼を愛していた。つまり、アラーナひとりが偏屈な人間ということになる。

家の横手にまわったとき、長い私道に影をつくる並木のトンネルから、サイモンのレンジローバーが出てくるのが見えた。たちまちアラーナの気が晴れた。一緒に何か食べよう。サイモンとは、小学校に上がる前からきずなが生まれた。当時の彼は夢想家で、とても内気だった。それはいまも変わらない。出会った最初からアラーナは母親のように彼の面倒を見た。サイモンを守るのが彼女の役割だった。

〝きみはぼくのためにこの世に遣わされたんだよ、ラナ〟

彼がそう言ったのは、クリスマス・イブの礼拝のあと、二人が飼い葉桶《おけ》の前で手をつないで立っていたときのことだ。アラーナはサイモンをぎゅっと抱きしめた。

　アラーナがそばにいないと、サイモンはことごとくけんかに負けた。子どもたちはアラーナとかかわってはいけないと知っていた。アラーナは強かったし、兄のキーランはさらに強かった。サイモンはガイのいとこで、ラドクリフ家の一員だ。本来はどんな攻撃にもびくともしないはずだった。だが、実際は逆で、サイモンは生まれながらの弱虫だった。サイモンの気の小ささは、彼が十歳になる前に道楽者の父親が他界したことが影響しているのかもしれない。フィリップ・ラドクリフは車の運転中に死んだが、同乗していた女性は妻ではなかった。

　未亡人となったサイモンの母親、レベッカ・ラドクリフは悲しみで気が触れるようなことはなかった。その代わり、ひどく偏屈になり、ひとり息子のサイモンを溺愛《できあい》するようになった。頭のいいサイモンは大学に行ったが、母親が〝ひとりになるのが怖い〟と言うので、オーガスタ・ファームに戻らざるをえなかった。だが、レベッカが何かを怖がったりするとは誰も考えなかった。

　経済学の学位を得たサイモンはラドクリフ・ワイン農園の経営面での仕事に就いた。いまや農園は高品質のシャルドネとシラーズのワインを生産している。父にもガイのような商才が少しでもあれば、とアラーナは思った。

　〝葡萄が育つのを見ているだけで胸が高鳴る〟サイモンがうれしそうに言ったことがあった。〝それにガイは世界一の上司だ〟

　そうでしょうとも！　ガイはサイモンにとって英雄であり目標だった。理不尽だと自覚しつつも、アラーナはサイモンがガイをあがめていることにいらだちを感じることがあった。ガイはバレーのためにすばらしい仕事を続けている。いわば彼はバレーの原動力で、人を引きつけてやまない。だからといってアラーナが彼を愛するようにはならない。ガイも同じだ。彼女に特別な注意を払っているようには見えない。とはいえ、まったく関心がないというわけでもなさそうだった。実際、アラーナを見る彼のまなざしには、彼女の心を浮き立たせるものがあった。もちろんアラーナも内心ではガイに強い興味をいだいていた。ただ、自分の胸にしまっておかなければいけない気がした。

サイモンはいつものようにユーカリの木の下に車を止めた。「調子はどう?」車を降りながらきく。

「順調よ」アラーナは砂利の上を歩いてくるサイモンを待った。

美しい石造りの噴水がブライアーズ・リッジの私道の象徴になっている。これも母が持ってきたものだが、いま、水は流れていない。

「何か食べようと思っていたところなの。つき合って」

「喜んで」サイモンは優しくほほ笑んだ。繊細な少年の面影をいまもとどめている。「だが、ゆっくりできない。すぐに戻らないといけないんだ」

「じゃあ、どうしてわざわざ?」

二人は玄関に続く正面の短い階段を上がった。

サイモンは帽子を取って白い籐《とう》椅子の上に投げた。

「ガイの仕事をしないといけない。これから戻るところだけれど、まずここに寄ろうと思って。今日のきみはとてもすてきだよ」

「ばかね!」アラーナは笑った。「ひどい格好よ。暑くて汗をかいているうえに、おなかがぺこぺこ」

「それでもすてきだ」アラーナのいちばんの長所は、自分の飾らない美しさに気づいていないところだ、とサイモンは思っていた。アラーナは彼の命綱と言ってよかった。物心ついたときから彼女を精神的な支えとしてきた。「お父さんは?」アラン・キャラハンがいまにも姿を見せるのではないかと、サイモンは恐る恐る玄関ホールへと視線を向けた。

「そろそろ起こさなければ」アラーナは家の中へ入っていった。「見てくるから、先にキッチンに行ってちょうだい。よかったらコーヒーを飲んでいて」

「そうするよ」

勝手知ったる我が家のように、サイモンは奥にある広々としたキッチンに向かった。

キッチンからは四阿《あずまや》が見える。学校から帰ると、アラーナの母親が用意してくれたおやつを二人でよく食べた。こんなお母さんが欲しい、とサイモンは思ったものだった。

白い格子がクリーム色の蔓薔薇に覆われ、キッチンまでその香りが漂ってくる。蔓薔薇を見ると、サイモンはアナベル・キャラハンを思い出した。美しくて心の温かいすばらしい女性だった。彼の母親のレベッカとは対照的だった。

父はもう起きていて、書斎で新しい請求書の束を見ていた。膝丈のカーキ色のショートパンツに白い袖《そで》なしのシャツという格好だ。縁の茶色い眼鏡が鼻へとずり落ちていた。

「調子はどう、お父さん？」アラーナは大きな机をまわって父に近寄り、キスをした。

「ひどい気分だ」アランは娘のウエストに腕をまわし、つかの間、彼女の肩に頭をのせた。

「自業自得ね」下手な同情は禁物だ。

「わかっている」父はそっけなく応じた。「羊の薬浴をしないとな」

アラーナは革の肘掛け椅子に座った。「お父さんが手伝ってくれないなら、兄さんが帰ってくるのを待つしかないわ」

「もちろん手伝うさ」その声にはかすかに怒りがにじんでいた。父が声を荒らげたためしはない。「おまえさえよかったら、午後から取りかかろう」

「わたしさえよかったら、ですって？　よく言うわ！」

「わかった、わかった……おまえは勇敢でいい子だ。最高だよ」急にこみあげた感情に、アランは言葉を切った。

「かわいそうに」アラーナは胸を締めつけられた。とはいえ、父が母を愛するように人を愛することがどういうものなのか、アラーナにはわからなかった。男女間の情熱とは違う。これまで経験したことはないし、これからもないかもしれない。

アランは気持ちを奮い立たせた。「わたしはいつまでもめそめそしている弱い人間ではない。だが、アナベルはわたしの輝ける星だった。朝も、夜も、そばにいて、輝いていた。アイルランド人の服役囚の子孫であるわたしを、アナベルはどう思っていたのだろう？」

「ご先祖さまは、飢えていた家族のために二匹のうさぎを密猟して罪に問われ、ここに送られてきた」アラーナは言った。「そして大規模な牧羊地の所有者になった。そうよね？」

「ああ」父は笑みを浮かべた。「いずれにせよ、アナベルはどんな男とも結婚できた。デイヴィッド・ラドクリフともな」

一瞬アラーナは耳を疑った。「なんですって？」思わず声をうわずらせてきき返す。「ガイのお父さんと？」

「そうだ」アラン・キャラハンは手を頭の後ろで組み、天井を見上げた。

「そんな話、聞いたことないわ」アラーナにとっては寝耳に水だった。「誰からも」

「みんな、知らないんだ」娘の驚いた顔を見て、アランの声がかすれた。「アナベルもわたしもそれについて話したことはなかった。デイヴィッドも話さなかったと思う。特に、わたしたちが結婚した数カ月後にセドニー・ベイリーと結婚したあとはな。もちろん、アナベルにふられた反動さ。デイヴィッドは俗物だ。ほかのラドクリフの連中と同じくな」

「ガイは違うわ。サイモンも違う」アラーナは動揺しながらも言い返した。「でも、信じられないわ。ガイのお父さまがわたしのお母さんに恋をしていたということ?」

「おかしいか?」アランは娘を見つめた。「どうしてこんな話をしたのかな。つい口を滑らせてしまった。みんな、おまえの母さんに恋をしたんだ。外見も心もきれいな女性だからね」

「これからも、そういう女性としてみんなの記憶に残るわ」アラーナは気を取り直して続けた。「お母さんは昔のロマンスのことは何も話してくれなかった。ほかのことはなんでも話したのに。ラドクリフ家のことも当然のように話したわ。わたしがガイについて辛辣《しんらつ》なことを言うと、笑ったものよ」

「冗談だとわかっていたんだ。ガイ・ラドクリフは――」

「言わないで」アラーナは遮り、自ら言った。「王子さまなんでしょう!」

「本当の紳士で、真の平等主義者だ。彼の父親も同じだ。デイヴィッドが事故で命を落としたときは、バレー全体が打ちのめされた」

アラーナはうなずいた。ラドクリフの開発地で起こった奇妙な事故だった。その日、壊されることになっていた高さ十メートルの塀が突然、崩れたのだ。デイヴィッド・ラドクリフは即死、彼のすぐ後ろにいた技師長は重傷を負った。

「そういえば、あのときお母さんはひどく取り乱していたわ。お母さんが泣くのを見たことなど一度もなかったのに」

「そうだな」父はだいぶたってから答えた。大きな手をどんと本の上に置いて言葉を継ぐ。「デイヴィッド・ラドクリフは立派な男だった。そして立派な息子を残した。話はこれで終わりだ。酒のせいで口が軽くなってしまった。若い時分、アナベルを巡ってわたしはしばしば嫉妬《しっと》した。アナベルはわたしのものだ。わたしの妻になったんだ」

父の青い目に浮かんでいるのは何？　闘争心かしら？　アラーナは慌てて話題を変えた。「サイモンが来ているわ」言いながら立ちあがる。「仕事に戻る途中で寄ってくれたの。挨拶《あいさつ》したい？　まあ、それはどちらでもいいけれど、何か食べた？」

アランは首を横に振った。「さっきバディが朝食をとるよう言いに来たが、断った」

「食べなくちゃだめよ。サンドイッチとお茶を用意するわ」

「わかった。だがサイモンが帰ってから食べるよ。おまえとの時間を邪魔したくない。サイモンはおまえにほれている。もう何年もな」

アラーナはドアのところで振り返った。「誰が言ったの？」

「わたしさ」アランは親指で自分の胸を指した。

「勘違いよ」アラーナはきっぱりと否定した。「サイモンはわたしを姉のように慕っているだけよ。恋とは違うわ」

「おまえのほうこそ勘違いしている」アランは指摘した。「サイモンはいい男だ。だが、おまえには向いていない」

アラーナがキッチンに入っていくと、コーヒーができていた。カップも出ている。

「きみが何を食べるつもりかわからなくて……」

「サンドイッチよ」アラーナはラドクリフ家の古いロマンスについて尋ねようかと思ったが、やめにした。父は望まないだろう。「あなたは食べたの？」

「一時間前にね。コーヒーを飲んだら、すぐに帰るよ。ところで、土曜日の夜の準備はできたかい？」

アラーナはにっこり笑った。「楽しみにしているわ。キーランもね」兄は同い年のガイと仲がいい。

土曜日の夜、ワンガリーを訪問中のアメリカ人のためにガイがちょっとした集まりを催すことになっていた。客人はチェースとエイミーのハートマン夫妻で、カリフォルニアのナパ・バレーでワインを生産しているという。

「お母さまはいらっしゃらないの？」アラーナはさりげなく尋ねた。レベッカ・ラドクリフの存在はすべてを台なしにしてしまう。

サイモンの顔がこわばった。「そうなんだ。ぼくはむしろほっとしているけれどね。母は一緒にいて楽しい人ではない。親族だからガイは声をかけてくれるけれど。最近、母はきみとの友情についても批判的になってきた」

コーヒーをついでいたアラーナはさっと顔を上げた。「いまに始まったことではないわ」

「そうだな。母はぼくが好意をいだいた人にやきもちを焼く。きみはぼくといちばん親しいから」

「いったい何を心配しているのかしら？」

サイモンは暗い目を窓の外に向けた。「母は自分の気に入らない誰かとぼくが結婚するのを恐れているんだ」

アラーナは思わず笑った。「そんなことを言ったら、バレーの女性みんなね。わたしとの結婚は問題外だけれど」さらにつけ加える。「少なくとも、わたしについては安心してもらっていいわね。わたしたちは親友同士だもの。きょうだいみたいなものだから」

サイモンはひどく恥ずかしそうにアラーナの手をつかんだ。「そこからもう一歩進めないだろうか、ラナ？」懇願するように言う。「逃げないでくれ。ぼくにとってきみはすべてなんだ」

「そう言ってもらえるのは、うれしいわ。でも、わたしはあなたの恋人ではないのよ」アラーナはそっと手を引いた。「いったいどうしたの？」彼女は快活な口調できいた。サイモンと愛し合うなんて、考えられなかった。彼はとてもだいじな存在だ。しかし、結婚はありえない。「わたしたちは二十二歳になったわ。だけど、結婚に関しては赤ん坊も同然よ。あなたは女の子とつき合ったこともあまりなかったでしょう」あの母親では無理だわ、とアラーナは胸の内でつぶやいた。「あなたはローズが好きなのかと思っていたわ」

サイモンはいかにも不機嫌そうに椅子の背にもたれた。「よしてくれ。ローズは確かに感じがいい。恐ろしい姉のヴァイオレットと違ってね。ローズのことは好きだが、きみとは比べものにならない」

「どうしてわかるの？」アラーナはきき返した。いとこのローズもサイモンのことを感じがいいと思っている。「彼女のことをよく知りもしないのに。ローズは感じがいいだけでなく、とてもきれいだし、いろいろ隠れたよさを持っているわ」

「あの家族とかかわりたくないんだ」サイモンは身を震わせた。そのしぐさは彼の母親を思い出させた。

「あなたが尊敬するガイはヴァイオレットのエスコートをしているわ」アラーナはかすかな悪意をこめて言った。それとも羨望《せんぼう》？　ガイはヴァイオレットのどこがいいと思っているのかしら？　かなりの美人で、馬にも乗れるという以外に。いえ、ヴァイオレットは羊の飼育にもワインにも精通している。考えるにつれ、彼女の利点が増え始める。

「ほかの女性たちと同じように、ヴァイオレットもいつかガイから結婚を申しこまれることを祈っているんだ」サイモンが冷ややかに指摘した。「だが、そうはならないな」

「だとしたら、ヴァイオレットがかわいそうよ」アラーナの口調が厳しくなる。「自分はガイに利用されているだけだって、ヴァイオレットが言ったことがあったわ」

「ガイは人を利用するような人間じゃない」サイモンは腹立たしげに反論した。「ガイとヴァイオレットは一緒に育った。それだけのことさ」

「それって、二人が恋人だったことは一度もないって言っているの？」思わず大きな声を出してしまい、アラーナは唇を噛んだ。ありがたいことに、サイモンは気づいていないようだった。

ガイとヴァイオレットが恋人同士だと考えると、気分が悪くなる。ガイに対するアラーナの気持ちには複雑なものがあった。軽蔑《けいべつ》しているふりをしながらも、彼の姿を見ると、体の中から活力がわいてくるのを感じる。

「ラナ、何を考えているんだい？」

サイモンの思いがけぬ問いにアラーナは驚いた。

しかし、幸い彼は答えを待とうとはしなかった。

「ガイはプレイボーイではないが、聖職者でもない。女性たちはこぞって彼を好きになる」

「彼はセクシーすぎるのよ」またよけいなことを言ってしまった、とアラーナは悔やんだ。

「うらやましい！」サイモンの口調には称賛と悲しみが入りまじっていた。「確かにガイには生まれ持った魅力がある。きみと同じようにね。ヴァイオレットの言うことは信じないほうがいい。きみをガイから遠ざけようとしている。彼女はガイにふさわしくない」熱いまなざしでアラーナを見つめる。「だが、きみはぼくにとって世界で唯一の女性だ」

「ばかなこと言わないで」

まもなくサイモンは帰った。アラーナは落ち着かない気分だった。もしサイモンが恋に目覚めたのなら、父親と一緒にお酒でも飲みたい気分だった。

2

ワンガリー邸は、ワンガリー・バレーの中でも最も美しい丘の上に立っていた。一八五〇年代初めに先見の明を持ったイギリス人の資産家、ニコラス・コンプトン・ラドクリフが手に入れた。ジョージ王朝風のコロニアル様式の建物で、淡紅色の煉瓦《れんが》が古典的な白い柱にみごとに合っている。二階建ての中央部分が堂々たる正面玄関の上にそびえ、両わきには平屋建ての翼棟がのびていた。ひさしつきのベランダは、この地の暑い気候に合わせてあとから加えたものだ。

最近は大邸宅を維持できるのは金持ちだけだ、とアラーナは丘を見上げながら思った。明かりに照らしだされた邸宅を見ていると、夜の海に浮かぶクイーンメリー二世号を思い出す。シドニーに寄港した豪華客船をキーランと一緒に見たのは数カ月前のことだった。

アラーナとサイモンは遅れていた。最初はやきもきしていただけだったが、サイモンが時間どおりに現れないので、アラーナは心配になった。ようやく彼が家に迎えに来たときには四十分も遅刻していた。ディナースーツを着たサイモンはとても魅力的だったが、顔色が悪く、動揺していた。母親とけんかをしたのだろう、とアラーナはすぐさま察した。

〝原因はなんなの？〞アラーナはきいた。

〝忘れよう〞サイモンはアラーナに腕をまわし、そっとキスをした。

アラーナは口を開くと失礼なことを言ってしまいそうな気がした。いいかげんサイモンも母親に敢然と立ち向かってもいいのに、と思う。

おそらく二人はいちばん最後に到着した客となるだろう。駐車している車の中にはキーランの車もあった。〝サイモンはぼくに同行してほしくないだろうからね〟とキーランは皮肉な言葉を残し、一時間ほど前に出かけていた。

兄もわたしとサイモンは恋人同士だと見ているのだろうか？　そう思うと、気が重くなる。サイモンの母親だけはわたしと同じ意見のようだ。まるでわたしがサイモンを奪おうとでもしているかのように、いつも不機嫌そうにしている。

二人は広い石段を上がり、立派な玄関ホールの前で並んでいるカップルたちの最後尾に並んだ。遅れてきたのはアラーナたちだけではなかったらしい。

玄関のドアの右側にアンティークの机が置かれ、両側にチッペンデール様式の椅子が並べてあった。机の上には金めっきの鏡がかけてあり、そこに白と黄色の百合《ゆり》の生け花が映っている。アンティークの鏡の両わきには金めっきの額縁に入ったワンガリー・バレーの水彩画がかかっていた。

ふとアラーナは思った。わたしはこの屋敷が好きだ、と。ただ好きだとしか言いようがなかった。

「今夜のきみは最高だ！」サイモンは感極まったような口調で言った。

「ありがとう」

礼を言ったのはこれで四度目だ。しかし、ほかの言葉を返すつもりはなかった。十八歳の誕生日のパーティに着たドレスのわりには、我ながらすてきだと思った。ホールターネックの金色がかった緑色のドレスで、ウエストはきゅっと締まり、スカートはゆったりしている。当時から体重は増えていない。むしろ若干減ったくらいだ。

今夜は信じられないくらい身支度に手をかけた。わたしはいったい誰に好印象を与えようとしているのかしら？　アラーナはいぶかった。いずれにせよ、なかなかの出来だ。それに母から受け継いだ黄金色に輝く豊かな髪が大きな自信を与えてくれる。

　列が動いた。ガイはわたしがサイモンとつき合っていると思っているかしら？　機会を見つけて、訂正しないといけない。でも、どうして？　それでガイは人生を再設計するだろうか？　ありえない。

　サイモンがアラーナの腕を取って引き寄せた。一瞬、アラーナは彼を押しのけようかと思った。しかしちょうどそのとき、ガイの姿が視界に飛びこんできた。

　これほど強烈な男らしさを発散している男性をアラーナは見たことがなかった。ガイ・ラドクリフはまさに心温まるロマンスの主人公そのものだった。

　ところが、頭の中で警告する声がした。

彼に恋をするのは危険よ！

　もちろんアラーナは警告に耳を傾けた。ガイ・ラドクリフに恋をするつもりなどない。なのにガイから目を離せない。夜会服姿のガイは信じられないくらい優雅だった。

　アラーナはできるかぎり落ち着いた物腰で彼と顔を合わせたかったが、気持ちは狂おしいほどに高ぶり始めた。

　アラーナは注意深く観察した。ガイにはカリスマ的な魅力がある。シドニーに住む彼の美しい妹のアレクサンドラが傍らに立ち、二人で客人に挨拶《あいさつ》をしている。気品と育ちのよさというのはなんて魅力的なのだろう。

　まずアレクサンドラが二人に挨拶した。ガイはまだ目の前のカップルと言葉を交わしている。「ラナ、お会いできて本当にうれしいわ」

　その言葉が心から出たものであることがアラーナにはわかった。

「それから、サイモン、お元気だった？」

　サイモンの顔が赤くなった。「ああ、とても元気だよ、アレックス」サイモンはいとこたちを畏敬《いけい》しているようだった。

続いて二人の女性が軽い抱擁を交わした。

「わたしは週末しか滞在できないの」アレクサンドラはアラーナの手を取ったまま言った。「明日、ぜひランチをご一緒しなくては……そうでしょう、ガイ？」

ようやく谷の領主《ロード・オブ・バレー》がアラーナに視線を移した。呆然《ぼうぜん》とするほど魅力的な顔に圧倒されながらも、彼女はひるむことなく目を合わせた。

「来てくれたらうれしいな、アラーナ」

彼が向けた視線に、アラーナはまるで手で触れられたような衝撃を覚えた。ガイのような男性にのぼせるのは災いのもとだろうか？　警戒しつつも、アラーナは素直に感謝の言葉を口にした。

「これで決まりだな」ガイは笑みを浮かべた。

なんてセクシーな唇かしら！　アラーナはそこから目を離せなかった。彼女は恥ずかしくなり、興奮をなんとかしずめようとした。彼がそばにいるだけで、鼓動が速くなる。ガイに気づかれていないことを祈るばかりだ。今夜は彼の崇拝者が大勢集まっている。ヴァイオレットとも顔を合わせることになるだろう。

「あなたがどんな生活を送っているか知りたいのよ、ラナ」

アレクサンドラの声にはっとして、アラーナは視線を移した。「四六時中忙しくしているわ、アレックス」ほっとしたのもつかの間、ガイがまた動揺させるようなことを言った。

「今夜はいちだんときれいだと言ってもいいかな、アラーナ？」

口調こそいつものように穏やかで自信に満ちていたが、これまで見たこともない激しいまなざしに、アラーナは再び興奮をかきたてられた。「もちろんよ。ありがとう、ガイ！」彼女は必死に返した。まるで言葉を武器にして闘っているようだ。わたしを魅了しようとしても無駄よ、ガイ・ラドクリフ。

　それでもガイの魅力は竜巻のように襲ってきた。のみこまれてはだめよ、とアラーナは自分に言い聞かせた。危険なことはわかっている。

　そのとき、サイモンがアラーナの肩を抱き、うれしそうに言った。「そうだろう？　ぼくはこのラナのドレスが大好きなんだ。十八歳の誕生日パーティのためにアナベルがつくったものだ。覚えているかい、ガイ？」

　アラーナは親友の向こうずねを蹴《け》りたくなった。

「覚えているとも」ガイの目がおもしろそうに光った。「アラーナのお母さんはすばらしい才能の持ち主だった」

「ええ、そうね」アラーナはうなずいた。「母がつくってくれたショールも大切にしているわ」彼女は目をしばたたいて涙をこらえた。十八歳の誕生日パーティにはガイも招待したが、アレクサンドラはすでにシドニーに移っていた。突然、アレクサンドラが大都会に行ってしまい、バレーの人々は大きなショックを受けた。みんな、彼女は故郷を愛していると思っていたからだ。

　アラーナの誕生日パーティはラドクリフ農園のレストランで行われた。

　忘れられない夜だった。ガイがプレゼントを渡してくれた際、身をかがめてアラーナの頬にキスをしてくれたのだ。彼のプレゼントは、アール・ヌーヴォーの磁器で、長いブロンドの髪をしたニンフの彫像だった。

　誕生日祝いのささやかなキスだったが、そのときの感覚をいまもアラーナは鮮明に覚えている。あれこそ性的な興奮に違いない。秘めやかな部分に触れられたように感じた。頬にキスをされるだけで、官能が刺激されるとは知らなかった。あれほどの衝撃をアラーナに与えたのは、あとにも先にもガイ・ラドクリフただひとりだった。あれはいったいなんだったのだろう？　陶酔？　愛情とは関係がないのは確かだ。わたしと彼の人生には大きな隔たりがあり、そんな男性を愛せるわけがない。

「さあ、ぼくたちの客人に会ってくれ」ガイは熱いまなざしをアラーナに向けたまま言った。

わたしはどうしたらいいのだろう？　アラーナは困惑した。火遊びをするのは得意ではない。

「ええ、会ってちょうだい」アレクサンドラがアラーナの腕を取った。「ハートマン夫妻はすてきな人たちよ。今年はネーミングに応募するでしょう、ラナ？　あなたなら、ナパ・バレーへの旅を手にしたも同然ね」

万一そうなったらサイモンと一緒に行けるわ、とアラーナはつけ加えたりしなかった。

広い居間は朗らかな笑顔と楽しそうな声であふれていた。四十人ほどの小さな集まりで、ガイの特別ゲスト以外はアラーナが知っている顔ばかりだ。ハートマン夫妻は美男美女のカップルで、三十代前半の社交的な人たちだった。ミセス・ハートマンはしなやかな体の線を引き立てる黄色いシフォンのドレスを着ていた。

そのとき、ヴァイオレットがこちらの様子をうかがっているのが見え、アラーナはどきっとした。

「ここにいたのね、アラーナ」ヴァイオレットが寄ってきた。「ドレスを新調すればよかったのに。これはくすんだ金色？　それとも、くすんだ緑色かしら？　前にも見たことがあるわ」彼女の青い目がアラーナの玉虫色のシルクタフタのドレスをとらえた。その視線は刺すように鋭い。「〝節約〟という言葉にまったく新しい意味をもたらしたのね！」

「あなたは〝意地悪〟という言葉に新しい意味をもたらしたのね」アラーナはいとこの辛辣《しんらつ》な物言いに慣れていた。「でも、あなたが着ているものは好きよ」

何も言わないのは無作法というものだろう。ヴァイオレットは有名デザイナーの肩ひものない暗紫色のドレスをまとっていた。とてもよく似合っている。デンビー家の三姉妹はともにブロンドの髪の持ち主だが、妹二人の髪はアラーナほどみごとな黄金色ではなかった。

サイモンはアラーナを食卓へと連れていった。料理はどれもおいしかった。ごちそうの並んだテーブルの向こうで、キーランがアレクサンドラと話している。二人は子どものときからの知り合いなのに、最近はよそよそしかった。いまも見つめ合っているのに、にこりともしない。背の高いアレクサンドラはきらきら光る短いドレスに合わせ、銀色のスティレット・ヒールの靴を履いているため、ますます高く見える。とはいえ、百九十センチを超えるキーランはさらに高かった。

アラーナもキーランも母親似だった。キーランの長く豊かなブロンドの髪は無造作に額から後ろへと撫《な》でつけられ、ライオンを思わせた。目は父親に似て、信じられないほど青い。ディナースーツを持っていないので、夏用の明るいベージュのスーツを着ていたが、とてもすてきだ。黄金色の髪をしたキーランの傍らで、髪も目も黒いアレクサンドラはとてもエキゾチックに見えた。

〝ぼくが知っているなかでいちばん謎《なぞ》めいた女性〟とキーランはアレクサンドラを評したことがあった。もっとも、兄とアレクサンドラの関係にもどこか謎めいたところがあった。

食事のあと、アラーナはダンスに引っ張りだこだった。一方、サイモンはダンスがひどく苦手だった。

「思うがまま自由に体を動かせばいいのよ」アラーナは助言した。ダンスフロアでサイモンほどぎこちない男性をほかに知らない。

「なんと！」サイモンは驚きの声をあげた。「ぼくが自由に踊ったら、相当みじめなことになるよ」

アラーナの背後で聞き慣れた声がした。

「主催者として、ぜひ踊ってもらわないとね」

たちまちアラーナの感情が高ぶった。かすかにいらだったガイの独特の声がはっきり聞こえた。

サイモンは敬愛するいとこのためならなんでもするというようににこやかに笑った。アラーナは頬や首についた巻き毛を気にしながら、ガイのほうに顔を向けた。ここいちばんというところで完璧《かんぺき》に見えたためしがない。透明感のある肌もいまは汗ばんでいる。ファンデーションがよくないのかしら？　でも、それがどうしたというの？

ガイに手を取られた瞬間、アラーナは二人の手のまわりで静電気の火花が散った気がした。全身から力が抜け、くずおれそうになる。動悸《どうき》が激しく、身じろぎもできない。こんなの、ばかげている。家で本でも読んでいたほうがよかった。

幸い、気持ちを落ち着かせる時間をサイモンがつくってくれた。「ラナほどダンスが上手な人はバレーじゅうを探してもいないよ」喜んでアラーナを領主に引き渡そうとしている。「ようやくダンスを楽しめるね、ラナ」まるでローマ教皇が民に祝福を与えるかのように、サイモンは手を振った。

踊りだしてすぐにガイが吹きだした。「彼はきみのことを本当にだいじに思っているんだね」

「どういう意味かわからないわ」いまこそサイモンは恋人ではないとはっきり言おう。

「冗談を！」ガイはおもしろがっているような声を出した。唇の端が上がり、実にセクシーだ。

「サイモンはわたしから離れたほうがいいのかもし

れない。恋人同士だと思われているようだから」

ガイは顔を引いて、アラーナの目をじっと見つめた。「違うのか？」

冷静になるのよ。アラーナは自分を戒めたものの、気づいたときには強い口調で答えていた。「あなたとヴァイオレットは恋人同士かと尋ねたら？」

「誰がそんなことを言った？」ガイはきき返した。

アラーナは大きく息を吸った。「いろいろな人よ。サイモンはわたしの恋人ではないし、これからもそうよ。わたしたちは最高の……友だちなの。そう、友だちという言葉がぴったりね。物心がついたときには彼の面倒を見ていたわ」

「彼はきみを愛している」ガイの口調は真剣だった。

アラーナはためらいがちにガイの目を見た。美しい目だ。夜の闇《やみ》のように黒いが、ダイヤモンドのように輝いている。「本気で言っているの？」

「きみに対してはいつも本気だ、アラーナ」

炎に包まれたようにアラーナの全身がかっと熱くなった。「知らなかったわ。いつもあなたはわたしが十八歳の誕生日から少しも進歩していないかのように扱うんだもの」

「ぼくの悪い癖だ」

「認めるのね？」

「もちろんだ。男を誘惑するような女性みたいに扱ってほしくはないだろう？」

アラーナは心から驚いた。「わたしは誘惑したりしないわ。あなたと違って」体がさらに熱くなる。

「アラーナ、それはばかげた思いこみだ」

ガイがアラーナを回転させた。彼のリードでアラーナは自分が振りつけどおりに優雅なステップを踏んでいる気がした。実際、二人のすばらしいダンスは人々の注目を集めていた。

「紳士は誘惑したりしない」ガイは続けた。

「そうなの？」

「ヴァイオレットが持っているロマンス小説を借りて読んでごらん」

「ヴァイオレットがロマンス小説を読むの？　まあ、すてき」アラーナは皮肉った。「冗談よ。でも誤解のないように言っておくと、サイモンとわたしにはロマンスに関する計画はないから」

ガイの口もとに小さな笑みが浮かんだ。「計画しないといけないものかな？　ぼくはただ起こるだけだと思うけれど。ある朝、目を覚まし、特別な誰かに手を伸ばして触れたいと切に願う」

アラーナの体がまたも熱くなった。ガイに触れられたら、きっとすばらしいだろう。「ずいぶん経験がおありのようね……」つい口調が辛辣になり、彼女は言葉を切った。相手は主催者なのだ。

ガイは顎を引き、アラーナを見下ろした。「ぼつぼつ言っておいたほうがいいね、ミズ・キャラハン。優しい顔を維持するのにも限界がある」

「もう気をつけたほうがいいのかしら？」

答える代わりにガイは彼女を引き寄せた。アラーナの視界がかすみ始める。

「そうかもしれない」

「あなたは自分の好きなようにできるけれど、わたしはできないということ？」

ガイは答えなかった。

「誰に手を伸ばしたいの？」アラーナは思わずきいた。

「驚かせるつもりはないが、きみだ」

そのとたん、アラーナはつまずいた。「考えるだけで卒倒してしまうわ。冗談を言っているのね？」彼女の目には困惑の色が浮かんでいた。

「もちろん」ガイの視線が彼女の顔から喉、そしてクリームのようになめらかな肩へと移った。「だが男なら誰しも、きみにそばにいてほしいと思う」

「わたしをどこかへ連れていこうとしているみたい

ることができなかった。「どこなの？」

「いまごろ気づいたわけ？」

「ずっと気づいていた」

「でも、いままでただの一度も申しこんでくれなかったわ」

「きみがサイモンの恋人だと思いこんでいたせいかな？」

アラーナはガイの腕の中で大きく身を震わせた。

「わたしはあなたがヴァイオレットの恋人だと思っていたのよ」皮肉を言わずにはいられない。

彼女の背中にまわしていたガイの手に力がこもった。「さっき気をつけるよう忠告したのを覚えているか？」

「あなたがわたしに言ったことなら、たくさん覚えているわ。十八歳の誕生日パーティで、きれいだと言ってくれた。それに聡明《そうめい》だとも」

ガイはアラーナの心をかき乱すような笑みを浮かべた。「きれいで、利口で、辛辣。思い出したよ。ね」背筋がぞくぞくし、アラーナは声の震えを抑えることができなかった。「どこなの？」

「問題はきみが行きたいかどうかだ。違うかい？」

ガイの顔はいつになく真剣だった。

「安全な世界から飛びだして？」アラーナはガイの変わりように驚いた。なぜこれほど劇的に変わったのかしら？　わたしは自分の将来を危険にさらしているの？「あなたの魅力のとりこにはなれないわ。つらい結果が待っているに違いないもの」

「怖いのか？」

「もちろんよ」アラーナは大きく息を吐きだした。

「ぼくの何が怖いんだ？　何年もぼくを怖がっているようだった」

「あなたがわたしを近づけようとしなかったのよ」

「きみは若すぎたからね。いまはもっと近づくといい」ガイはアラーナを引き寄せた。「きみはとてもダンスが上手だ」

情熱的で、議論好きで、ユーモアのセンスがあり、セクシーだが無邪気だ、とつけ加えることもできた。悲しげで、美しく、すばらしい娘であり、妹でもある。女性の中ではバレーいちばんの馬の乗り手だ。ぼくはきみがレースをしているのを見るのが好きだった。かわいそうにヴァイオレットはいつも二番だった。それにボーダーコリーを操る姿もすばらしい。簡単な犬ではないのに、彼らから最高のものを引きだす方法を知っている。それに、ギターの弾き語りを聞いたことがあるが、きみの声は絶品だ」

アラーナはすっかり気持ちがやわらいだ。「あなたの有名な魔力をわたしに使っているわけね」

「うまくいっているかな?」

「そう認めるのは賢明なことかしら?」アラーナは黄金色の髪を軽やかに振った。「あなたなら、いつでもどこでも言ってもらえるでしょうから」

別のカップルが回転しながら近づいてくる。すぐにガイはアラーナを引き寄せ、安全な場所へ導いた。

アラーナの動悸が激しくなった。彼女はガイのことをずいぶん前から知っていた。にもかかわらず、いつも初めて会ったような新鮮さを覚える。こんなふうに感じる人を、アラーナはほかに知らなかった。いまや二人の体は密着している。少し離れたほうがいいかしらと思うくらいに。

「いとこのヴァイオレットがこちらをにらんでいるわ。わたしの頭に斧《おの》を振り下ろしたがっているみたい」アラーナは冗談めかして言った。

「そんなことはさせない」

ガイの強い口調に、アラーナは息をのんだ。「寝首をかかれるわ。わざと彼女に嫉妬《しっと》させようとしているの?」

「ばかばかしい」ガイはぴしゃりと言った。「ぼくにはヴァイオレットなんか見えない。きみがまぶしすぎて」

アラーナは宙を舞っている気がした。ガイはわたしをどうするつもり？「わたしは突然輝きだしたの？」いぶかしげなまなざしをガイに向ける。

「きみが輝きだし、ぼくが夢中になったのはもうずいぶん前だ。つつましいきみは気づいていないようだったが」

つつましさは危険なほどの無謀な振る舞いの歯止めにはならなかった。いずれにせよ、その振る舞いはいまも進行中であり、しかもあまりにも進み方が速かった。「今夜のあなたはいったい誰なの？　本当にわたしが知っている人？」

「知らないだろうね」

ガイの声はかすかにかすれていた。豊富な経験を誇るガイの前で、アラーナは自分の経験のなさを強く意識した。年ごろの娘の中では、おそらくバレーに残る最後のバージンだろう。しかし、彼女はそんなことは少しも気にしていなかった。単に真剣に愛し合いたいと思える相手が現れなかっただけだ。ガイ・ラドクリフと並んで見劣りのしない男性など見たこともない。

いまアラーナは自分がさまざまな感情を抱えていたことに気づき始めていた。とりわけ厄介なのは情熱と激しい渇望だった。こんなふうにもろい自分を彼女は感じたくなかった。これまでアラーナは自制心を失ったことはない。彼女は誰かの一部ではなく、自立した女性だった。激しい恋をしたからといって、幸せになるとはかぎらない。突然、どちらかの情熱が冷めてしまったら、別れを告げられたほうは苦痛と闘う羽目に陥る。

「待って」アラーナは目の覚めるような真っ白なシャツの上に震える手を置いた。

たちまちガイは気遣わしげな表情になった。「どうした？」

「いえ、なんでもないの」アラーナは小さく首を横に振った。「ただちょっと気分が悪くなっただけ」石柱の土台へと手を伸ばし、ほこりを払った。「こもちろん、感情を抑えることができなくなったにすここに座って。いい風が吹いてくるよ」
ぎない。

「本当ね」言われるがままに腰を下ろし、アラーナ
「テラスに出よう。新鮮な空気を吸うといい」ガイはため息をもらした。風がほてった肌を冷やしてく
はアラーナの肘をつかみ、外へ連れだした。れる。その心地よさに浸りながらも、彼女は自問せ
ずにはいられなかった。ガイ・ラドクリフに近づき
さまざまな香りをのせて庭から微風が吹いてくる。すぎるのは危険だと、わたしの理性はこれまでずっ
青々とした芝生の上では、何組かのカップルがたたと警告を発していたのではなかった？　とはいえ、
ずんだり、笑ったり、語らったりしている。頭上のいったん近づくと、アラーナはもはや引き返すこと
木々にはたくさんの白いライトが取りつけられ、小ができなかった。ガイがかけた魔法を解かなければ。
道を照らしていた。でも、どうやって？

夜空を仰げば、無数の星がまたたいている。すぐガイは立ったまま柱にもたれ、アラーナを見下ろ
にそれとわかる星座は巨人の猟師、オリオンだ。南した。「きみはお母さんにとてもよく似ている」静
十字星の輝きはひときわ美しく、アボリジニの人たかに言う。「お母さんはまばゆいばかりの美人だっ
ちが崇拝するのもうなずける。天の川の乳白色の流た。お母さんのいなくなったバレーには以前のよう
れも、見る者を宇宙の神秘へといざなった。な輝きがない」

ガイはハンカチを取りだし、回廊の屋根を支えるガイの優しさと思いやりにアラーナは胸がいっぱ

いになり、涙がこみあげた。アラーナがガイについて辛辣なことを言うと、いつも母は愉快そうに笑ったものだ。ガイは自分の父親とわたしの母とのことを知っているのかしら？

実際のところ、二人は関係があったのだろうか？いまにして思えば、ガイの母親のセドニー・ラドクリフに会うたび、わたしは彼女の刺すような視線にぞっとしたものだ。

「ガイ？」アラーナは彼のほうに顔を向けた。すると、ガイは彼女をじっと見つめた。屋外の照明がアラーナの美しい髪を輝かせ、金色がかった緑色のドレスをつややかに光らせている。長いスカートは足もとでふわりと広がっていた。

「ぼくの思っていることをきこうとしているなら、答えはノーだ」

「わたしの考えていることがわかるの？」

「いまはね。きみとは幼なじみだ。きみが何を知りたがっているか、手に取るようにわかる。遅かれ早かれ、きみはお父さんから何かを聞くことになっていた」

「聞いたわ、ほんの少しだけ。だから詳しく教えてほしいの」アラーナはまっすぐにガイを見た。

つかの間、考えこむようなそぶりを見せてから、ガイは口を開いた。「アラーナ、うわさ話に耳を傾けてはいけない」

「うわさ話？」アラーナは喉に苦い塊がこみあげるのを感じた。「バレーはいつもうわさ話に満ちているけれど、父がうわさ話をしたことはないわ。いままで聞いたことがない話よ」

「ぼくからきみに話すこともない」

ガイの断固たる口調に、アラーナは口をつぐむしかなかった。どう続けていいかわからず、おもむろに立ちあがる。「それは警告なの？」

「違う！」ぴしゃりと言ったものの、ガイの表情に明るさが戻ったた。「ぼくの考えを言ったまでだ。このままそっとしておくんだ、アラーナ。詮索《せんさく》しても得るものはない。それより、気分はどうだい？」

魂まで揺さぶられたわ！　アラーナはそう答えたかった。これまでの自分が永遠に消えてしまった気がしてならない。「ずいぶんよくなったわ」彼女は嘘《うそ》をついた。

風が吹き、アラーナの長い髪が頬にかかった。その髪を撫でた拍子にガイの手が肌に触れ、彼女は鋭く息を吸った。

「アラーナ……」ガイは手をうなじへと滑らせた。その声にこめられた感情に気づいて、アラーナは自分を見失いそうになった。一瞬、何か大きな変化が起こる予感がした。ガイはわたしを抱き寄せようとしているの？　大勢の人がいるところでキスをするつもりかしら？　アラーナは胸がひりひりするような興奮を覚えた。彼女自身、ガイにキスをしたいという衝動に駆られたものの、あえて後ろに下がった。「わたしは何をしようとしているの？」動揺して声が震え、ささやくように尋ねる。

「見つけだす時期だと思うよ」ガイの声も静かではあるけれど、熱いものがこもっていた。

「どういう意味？」

「思いどおりに振る舞えばいいんだ」その声はまるで催眠術でもかけるかのようだった。

二人は立ったまま身じろぎもせず、目を見交わしていた。互いに惹《ひ》かれ合っていることをようやく認めたのだ。心も体も揺れ始め、アラーナは横になりたかった。ガイと一緒に。彼の腕に抱かれたい。絶えず押さえつけてきた思いが、いま胸の扉をこじ開けて表に出てこようとしている。

「わたしに催眠術をかけようとしているの？」アラーナの声はますます震えた。心の中で吹き荒れる嵐《あらし》のせいだ。

「催眠術にかかってしまえばいい」ガイは穏やかな声で答えた。「ぼくに催眠術をかけさせる勇気を持っているかい？」

「心の準備ができているとは言えないわ……」

「きみのある部分は常にぼくと闘っていた」

「そうね」

ガイはほほ笑んだ。「しかし長くは続かなかった。ネーミングに応募するのか？」

アラーナはうつむいた。「目立ちたくないの。わかっているでしょう。アレックスに参加資格がないのは不公平だわ」

「アレックスは家族だ」ガイは淡々と応じた。「それに副賞の旅行は妹に必要ない」

「アラーナ・キャラハンには必要だというの？」アラーナは憤然として顔を上げた。

「ぼくが言いたいのは、きみには気分転換が必要だということさ。優勝して副賞を獲得し、海外旅行を存分に楽しむんだ」

アラーナは再びうつむいた。「応募はできないわ。たとえ優勝しても、旅行には行けない。仕事があるわ。父やキーランの手助けをしないといけないし、父から目を離せないもの」

「お父さんの具合はどうだい？」

ガイは心から心配しているように見えたが、アラーナはたちまち身構えた。ガイは本当に親切で、人のためになることをさりげなくする。しかし、それでもアラーナは長いあいだ不安や苦痛や屈辱にさいなまれてきた父のことを話したくなかった。

「父がどんなふうかは、ご存じのはずよ」泣きたい気持ちを強い口調で隠した。「めちゃくちゃだわ」

「きみを怒らせるつもりはなかった。すまない」ガイは彼女の手首をつかんだ。

アラーナは手を引っこめることができなかった。彼はあらゆる機会をとらえてわたしに触れる。「あ

なたを困らせるつもりはないわ」アラーナは唇を嚙か
みしめた。

「ぼくが困っているように見えるのか？」

ガイが言い返した。困っているどころか、彼は官能を刺激するほどの優しさを発散している。

「あなたの前で泣いたりしないわ」

「泣いたら、その結果を甘んじて受けなければならない」

結果？　ガイの言葉は謎めいていた。彼は親指でアラーナの手のひらを撫でた。彼女は喉をごくりと鳴らした。

「きみのお父さんはずっとカウンセリングを拒否してきた」ガイは悔やむような口調で言った。「残念でならない。お父さんを助けてくれる優秀な人物を知っている。会うだけでも会ってほしい」

アラーナは顔をしかめた。「父は会わないわ」

「もう一度、ぼくから話すというのは？」

「父はあなたのことをとても大切に思っているわ」アラーナは悲しげな顔をした。「それに、あなたはわたしたち一家を経済的に支援してくれているんでしょう？　わたしには明かしてくれないとわかっているけれど。あなたがしようとしていることが役に立つとは思えない。父はとても頑固なの。死を望んでいると思うときさえあるわ」

次の瞬間、ガイに手を強く握りしめられ、アラーナはつのる興奮に思わず目を閉じた。

「そんなことを言わないでくれ。悲劇はもうごめんだ」

慰められると同時に、どうして興奮するの？　肌が触れ合っていることでわたしの中で何が起こっているか、ガイは知っているのだろうか？

「あなたのお父さまが亡くなったとき、母はひどく動揺したわ」アラーナはまた危険な領域に踏みこんだ。「何かとても個人的な事情のように思えたの」

「きみのお母さんは本当にきれいで思いやりのある女性だった。このくらいにしておこう、アラーナ」

彼のハンサムな顔がこわばっていることに、アラーナは気づいた。そのとき、暗がりから女性の尊大な物言いが聞こえてきた。

「こんなところにいたの、ラナ」

ヴァイオレットだ。二人はさっと離れた。

「サイモンが必死に捜していたわよ」

「なぜだい？　急用でもあるのかな？」ガイは、見るからに激しい嫉妬を燃やしているヴァイオレットのほうに顔を向けた。

ヴァイオレットはガイに向かってにこやかな笑みを浮かべてみせた。「ガイったら、サイモンがアラーナから目を離せないことは知っているでしょう。アラーナに夢中なのよ。二人はもう結婚しているみたいに見えるわ」

「きみはうわさを広めるのに忙しそうだな」

「そんな！」ヴァイオレットはさりげなくガイの腕を取った。「すてきだと思っているのよ。二人は生まれたときから恋人同士なんだから」

アラーナは金切り声をあげる代わりに、ほほ笑んだ。「ちょっと失礼するわ」

アラーナが家の中に入るなり、サイモンが飛んできた。「ダンスは楽しめたかい？　きみとガイは本当に上手だった」

「ええ、とても楽しかったわ」アラーナはずいぶん控えめな感想を口にした。「でも、冷たい飲み物が欲しくて」

「シャンパンがある」サイモンはにこやかに応じた。

「水のほうがいいわ」

「取ってくるよ。ソーダ水は？」

「いただくわ」

「ガイは万能なんだ」サイモンは感心したように言

ってから、飲み物のテーブルへとアラーナをいざなった。

「男の中の男といったところね」アラーナはそっけなく言った。

「そうとも。ところで、そろそろここから抜けだしてもいいかな？　パーティは苦手なんだ」

「帰りたいの？」アラーナは兄の姿を捜した。またアレクサンドラと一緒にいる。

二人は踊るより話をしたいらしい。それもたわいないおしゃべりではなさそうだ。それにしても、なんと対照的なカップルだろう。わたしとガイにも言えることかもしれないけれど。キーランをまねて、わたしもラドクリフ家の人たちと別の道を歩むほうがいいのかもしれない。アレクサンドラが莫大《ばくだい》な資産の相続人だということを誇り高い兄が意識しないはずがない。それに、アレクサンドラが実家にいたとき、ロジャー・ウェストコットが必ずそばについていた。二人は結婚すると周囲から見られている。ウェストコット家は裕福な牧畜業者だ。よくある話だが、社会的地位のある人たちは一族の財産を守るために同じレベルの人たちと結婚したがる。

「きみがまだいたいなら、いてもいいけれど」

サイモンが言った。まわりの男性たちが二人を注視している。アラーナと踊る機会を待っているのだ。

「きみは人とのつき合いがとても上手だ。うらやましいよ。ぼくなんか、一緒にいてくつろげるのはきみしかいない」

悲しいことに、事実だった。レベッカの育て方が息子に悲惨な影響を与えたのだ。サイモンは自己抑制を芸術の域にまで高めていた。

「ガイのことは尊敬している」

「その点については疑う余地はないわね」わたしはガイを尊敬しているの、それとも違うの？　アラーナがそんなふうに自問するのはこれが初めてだった。

「ガイと一緒にいると、自分も充電しないといけないように感じる。彼は活力があるからね。アレックスはすてきな人だが、よくは知らない。理解しがたいところがある。キーランはぼくが軍隊に入ったらいいと思っているようだ。ローズは優しい。少しきみに似ているところがある」

いまがチャンスだわ。「いつも言っているように、ローズのことをもっと知ったほうがいいわ」

「ここを出よう」それがサイモンなりの返事だった。

ブライアーズ・リッジに到着すると、サイモンはレンジ・ローヴァーから降り、アラーナを玄関まで送った。「ワンガリーに昼食に行くのなら、明日は会えないね。お茶に来てもらえるかな？」懇願するようなまなざしをアラーナに向ける。

「一カ月前に知らせるようにと、お母さんに言われないかしら？」アラーナはサイモンの頬をつねった。

小学校一年生のときからやっているしぐさだ。

「川のそばでフィッシュアンドチップスを食べるというのはどうかな？」

「わたしの大好きな場所よ。そうしましょう」

アラーナはサイモンの頬にキスをし、彼を送り返そうとした。だが、サイモンの空色の目には闘いの炎が浮かんでいた。

「サイモン！」彼を傷つけたくない一心で、アラーナは警告するように言った。いちばん大切な友人であるにもかかわらず、押しのけたいという強い衝動に駆られた。だが、サイモンに決意を翻すつもりはないらしい。彼はすっかり浮き足立っていた。

「ラナ、愛している。きみがキスをさせてくれないなら、死んでしまう。お願いだ……おやすみのキスをさせてくれ」サイモンは震える手をアラーナの肩に置き、顔を寄せた。

意外にもとてもすてきなキスで、アラーナは感謝したいほどだった。もっとひどいキスをたくさん経験している。サイモンなら、彼を愛してくれる女性を簡単に見つけられるだろう。だが、わたしが彼と情熱的な関係になることはありえない。

「父の声がしたわ」アラーナはささやいた。サイモンを帰す確実な方法だ。彼は父を恐れている。

「そろそろ帰ったほうがいいね」サイモンがうなずいた。「明日会うと約束してくれ」

「電話するわ」暗い家の中で物音がした。アラーナはその機会を逃さなかった。「父だわ！」たぶん猫に違いない。

「じゃあ。おやすみ！」サイモンは玄関前の短い階段を下りるや、走りだした。

3

ブライアーズ・リッジでは今週から羊の毛刈りが始まった。先週、アラーナは毛刈りの職人を迎える準備に追われた。職人たちは料理人を連れてくるし、宿舎にはキッチンもバスルームも共同のシャワールームもある。だから、滞在中はさほど手間はかからないが、彼らが到着する前に宿舎の掃除を終え、マットレスを干して、ベッドメイクをしなければならなかった。毛狩りは来週末までに終わらせることになっていた。

バレー最大の牧羊場のワンガリーでは、何週間も続く毛刈りがすでに始まっている。

アラーナは子どものころから毛刈りの時期が好き

だった。しかも、今週はうれしいことに、父がしらふで仕事をしてくれていた。

アラーナは、羊を小屋に追ったり、毛を刈った羊を放牧地に戻したりした。そうした作業がないときは、職人たちと一緒に過ごすこともあった。職人たちはみな喜んだが、特にクイーンズランド西部の大牧場から推薦状を携えてやってきた新参者はうれしそうだった。

ユニセックスのジーンズとコットンシャツといった格好でも、アラーナが美しい女性であることは誰の目にも明らかだった。とはいえ、従業員や職人たちは彼女に称賛の目は向けても、欲望のこもったまなざしを注ぐ者はいなかった。彼らにとって、アラン・キャラハンはまだまだ恐れの対象だった。加えて、妹の守護神である兄のキーランも、二匹の犬もいる。アラーナがどこにいようと、厄介事が生じる心配はなかった。

男たちはアラーナの美しさだけでなく、働き手としても高く評価していた。彼女は毛刈りもできた。

ある日、これから午前の休憩に入ろうというとき、最年長で最高の腕を持つ毛刈り職人のトモがアラーナに最後の一頭をまわした。トモは何年ものあいだアラーナとキーランに毛刈りについて多くのことを教えてくれた。

「さあ、やってごらん」トモは励ますように言った。

「ありがとう、トモ」老職人から学ぶことはまだたくさんある。アラーナは喜んで応じた。

彼女は青いコットンシャツの下にスポーツ用のブラジャーと黄色いタンクトップを身につけていた。ドアも窓も開いていたが、小屋の中はとても暑い。アラーナは無意識のうちにシャツを脱いだ。

「行くぞ!」トモは囲いから大きな雌羊を引っ張ってきて叫んだ。「時間を計る」

そのとき、キーランとガイが小屋のほうに歩いてきて、アラーナの姿を目にした。だが、彼女のほうは気づかなかった。

「四分を切ったぞ！」トモがうれしそうに言った。

羊毛はきれいに一枚に刈られていた。トモがタオルを投げると、アラーナはそれを受け取った。汗がこめかみから流れ、胸の谷間へと落ちていく。肌は赤くほてっていた。

ガイは表には出さなかったが、すっかり狼狽《ろうばい》していた。数週間前に会ったときのアラーナではなく、ガイの記憶の中にあるおてんば娘のアラーナ・キャラハンがそこにいた。だが、母親から受け継いだ女性としての輝きは何倍も強烈だった。アラーナはまったく気にしていないが、体にぴったりした黄色のタンクトップは、形のいい小ぶりな胸や引き締まった上半身、それに細いウエストを際立たせている。なめらかな肌は汗に光り、ポニーテールはうなじにまとわりついていた。なんともセクシーだ。

ガイは胸を締めつけられ、すぐにシャツを脱いでアラーナに着せたかった。小屋を見渡した。ほとんど見知った男たちだったが、ひとりだけ初めて見る者がいた。若く、がっしりした男で、荒削りな魅力を備えている。アラーナの姿に反応しているのは明らかだった。

いつの間にかガイはこぶしを握りしめ、若い毛刈り職人を牧場から追いだしたい衝動を必死に抑えていた。もし自分の思いどおりにできるなら、彼はアラーナが小屋に入るのを禁じたことだろう。

妹のアレクサンドラは生まれたときからプリンセスのように育てられた。男たちが働いているときは、小屋の周囲を歩きまわることなど許されなかった。もちろん、羊の毛を刈ることも羊毛の選別もできない。アレクサンドラの居場所は母親のいる屋敷だった。大学で芸術の学位を取得したあとは、友人の家族が経営する、国内でも最高の画廊に就職した。アレクサンドラ自ら認めるように、妹は快適な人生を生きていた。

アラーナも大学に入ったものの、母親が亡くなると、実家に戻るしかなかった。この三年間、彼女は一日じゅう牧場の仕事に精を出し、アルコール漬けになった父親を支えてきた。二十二歳の女性にとっては過酷な暮らしだ。なんとしてもアラーナを守ってやりたい、とガイはあらためて思った。

毛刈り職人たちの料理をつくるやせた中国人が小屋に入ってきて叫んだ。「さあ、休憩時間だ！」

ティータイムといっても、山のようなサンドイッチに、バターやジャムや蜂蜜《はちみつ》を添えた堅パン、それにたっぷりのお茶が用意される。

タオルで体をふいたアラーナは、ドアのところに立っている二人の長身の男性に気づいた。逆光のせいでたくましい体がシルエットになっている。

ガイだ！　彼の姿を見るだけで、胸が高鳴る。落ち着くのよ、とアラーナは自分に言い聞かせた。それからタオルを投げ、急いでシャツを羽織った。

「ラナ、ぼくたちもお茶にしないか？」キーランが声をかけた。「先にガイと二人で家に戻ってくれ。トモとちょっと話をしてからぼくも行く。父さんのことは心配いらない。第二放牧場にいる。バディと一緒だ」

「わかったわ。まず顔を洗わないと」

キーランが出ていくと、アラーナはガイに歩み寄った。

「おはよう、ガイ」明るい声で言ったものの、口の中がからからに乾いている。「驚いたわ」アラーナはガイの先に立って家への近道をたどり始めた。

頭上で鮮やかな色の鸚鵡《おうむ》が甲高く鳴いた。一陣の風とともに香りのいい花びらが散る。

「きみのお父さんと話がしたかったんだ」

「そう？」アラーナは顔を上げ、ガイの黒い目の奥にあるものを見極めようとした。いつもの彼らしくなく、とても冷ややかだ。怒っているのかしら？　だとしたら、どうして？　こんなガイを見るのは初めてだ。アラーナは動揺を隠して尋ねた。「なんの話なの？」

「ぼくの胸にしまっておきたい」

ガイの表情は明るくなったが、それでもアラーナは気になった。「ますます興味を持ってしまうわ」

ガイはかすかな笑みを浮かべた。「ちょっとした内緒話だ。きみが心配することはない」

ガイの視線にアラーナはいっそう不安になった。

そんな彼女を見て、とても官能的だ、とガイは思った。明るい色のリップグロスを塗っているせいでハート形の唇が濡《ぬ》れて見える。いとこのサイモンを筆頭に、バレーにはアラーナの信奉者が大勢いるのに、彼女は結婚して牧場の仕事から逃げだしたいとは思っていない。アラーナはブライアーズ・リッジを心から愛している。とはいえ、男たちと一緒に働くには魅力がありすぎる。

「毛刈りは大変な仕事だ」ついぶっきらぼうな物言いになってしまったことをガイは悔やんだ。

「わたしが毛刈りをするのには賛成できないということ？」アラーナはガイの口調に驚いて目を上げた。

ガイはしばし黙りこんだ。「そうだ。今日も新参者がいただろう。なんという名前だ？」

アラーナは小さな笑い声をあげた。「めざといのね。ニュージーランド人で、優秀な職人よ。たしか名前はディーンだったわ」

「ディーンはきみを見ないほうが身のためだな」

「ばかばかしい。あなたがそんなに傲慢《ごうまん》だとは思ってもいなかったわ」

ガイは口を固く結んだ。「ぼくは傲慢ではない。きみより年上で、賢いだけだ」

「そうでしょうとも。あなたはすべての点でわたしよりすぐれているものね」

「多くの点でそうかもしれない。男たちのいるところではシャツを着たほうがいい」

アラーナはいらだたしげに言い返した。「なんて分別のある意見かしら。本当は嫉妬《しっと》しているんでしょう？」

ガイは肩をすくめた。「心配しているだけだ。きみのお父さんや兄さんがいつもきみを見ているわけじゃないからね」

アラーナの怒りは爆発寸前だった。「ガイ、立ち寄ってくださってありがとう。でも、わたしが自分の面倒を自分で見られないとでも？」

「たいていの者よりできると思っている。けれど、きみが誰かに困らせられているところを見たくないんだ」

「じゃあ、どうしろというの？」アラーナは思わずきいた。声を荒らげたことさえない上品なガイ・ラドクリフが、いまはひどく厄介な男性に見える。

鮮やかなピンクの花をつけたブーゲンビリアの枝がアラーナの頭に触れないよう、ガイはそっと持ちあげた。「ぼくが鞭《むち》を使うのを見たことがあるだろう？」鞭は牧夫が家畜を集めるときにときどき使う。見かけよりずっと扱い方が難しい。

「わたしには兄がいるのよ」

「キーランは家を空けるとき、きみのことをとても心配している」

それは事実だと認めながらも、アラーナは皮肉を言わずにはいられなかった。「バレーの男の人たちはとても古風ね。あなたも」

突然ガイは足を止め、彼女を自分のほうに向かせた。「男というのは常に美しい女性に惹《ひ》かれるものだ。大半は行儀よく、称賛の念を胸の内にとどめておくが、そうじゃない者もいる」

「ディーンを追いだしたがっているみたいね」

「直感で言っている」ガイの目は真剣だった。

「彼が何をしたっていうの？」

「明らかに興奮していた」

アラーナは顔を赤らめた。「ねえ、ガイ、わたしには職人たちをきちんと扱う自信があるの。だいいち、なじみの職人たちが新顔に行儀の悪いことはさせないわ。それに、このところ父はしらふで、外で働いている。もちろん兄だっているわ。わたしの好きな男性三人のうち、二人がいつもそばにいるの。三人の中にあなたは入らないけれど」

「バレーの領主《ロード・オブ・バレー》が入っていないとは残念だ」ガイはそっけなく言った。

アラーナはまた顔を赤らめた。「確かにそう呼んだことはあるわ」

「何年もそう呼んできた」ガイはからかった。

「それはそうと、わたしが好きな男性は、父、キーラン、サイモンよ。この順番でね」

ガイはまったく気にしていないようだった。白い歯を見せて笑う。「つまり、ミズ・キャラハン、きみは最高の人たちに守られているわけだ」

家に着き、中に入るなりアラーナは言った。「すぐに戻ってくるわ。顔を洗うだけだから。居間でくつろいでいて」

「これはキーランが描《か》いたものだろう？」ガイは壁にかけてあるキャンバスに近寄った。抽象画だが、光があふれるオーストラリアの奥地を描いたものに間違いない。「すばらしい！　輝いているよ」ガイは買いたいと思った。しかし、そんなことを口にしたら、キーランはすぐに贈り物として彼のところに送ってよこすだろう。

「兄に直接言ってあげて」アラーナは小走りに自室に向かった。

もっと本格的に絵の勉強をするようにとアレクサ

ンドラがキーランに何度も勧めたことを、ガイは知っていた。どうしてキーランはこれほど光を巧みにとらえ、キャンバスに表現できるのだろう？　アナベル・キャラハンは絵は描かなかったが、絵心はあり、手芸にすばらしい才能を発揮した。しかも、アナベルのいとこには、有名な画家もいる。イギリス在住のマーカス・デンビーだ。遺伝に違いない。もっとも、キーランが風景画を描くことに救いを見いだし、〝大急ぎでやっつける〟と言って納屋で絵を描くようになったのは、母親が亡くなってからだった。

ガイは子どものころからキーランを知っていた。キーランは頭がよくて洞察力があり、働き者だ。しかし、生まれついての牧羊業者ではない。ガイがキーラン・キャラハンの才能に気づいたのはアレクサンドラに言われてからだ。妹とキーランは十代のころはとても親密だった。なのに、何年も前から別々の道を歩んでいる。それを残念に思ったガイは原因を探ろうとしたこともあったが、キーランからも妹からも、干渉しすぎだと責められた。それ以来、いっさい口出しはしていない。アレクサンドラには崇拝者が大勢いたが、ロジャー・ウェストコットとは結婚してほしくなかった。ロジャーは悪い男ではないが、芸術家肌の妹には別の男性が望ましいと考えていた。

アラーナが階段を駆け下りてきたとき、ガイはまだ絵の前にいた。

「言わなかったかしら、すぐに戻ってくるって？」

彼女は息を切らして尋ねた。

アラーナを目にした瞬間、彼女を抱きしめたいという衝動に駆られたものの、ガイはさりげない口調で言った。「シャワーを浴びたみたいだな」

アラーナは赤いタンクトップにベージュのショートパンツという姿で、長く美しい脚がのぞいている。

ブロンドの髪は濡れ、生え際に沿って小さな巻き毛が金色の花びらのようにカールしていた。笑みの浮かんだ顔は明るく輝き、ガイは息をのんだ。

「さっと浴びただけよ。さあ、キッチンに行きましょう」アラーナは弾むような足どりでガイの先に立って歩いた。「キーランの絵が好きなのね？」肩越しにきく。

その拍子にすばらしい香りがガイのほうへ漂ってきた。石鹸《せっけん》のにおいだろう。新顔が夢中になるのも不思議はない。

「キーランが羊毛の生産に従事するのは間違っているのかもしれない」ガイはあえて口にした。「彼にはすばらしい画家になる才能がある」

「もちろんよ」アラーナは兄の才能を誇りに思っていた。「わたしが兄に勧めなかったと思う？　きっとアレックスも繰り返し言ったはずよ。そのことで大げんかをしたこともあったんじゃないかしら」

「いつのことだ？」

アラーナはガイと目を合わせた。「キーランはシドニーに行くたび、アレックスを訪ねていたのかもしれない。仲直りしたかもしれないけれど、キーランは何も言わないわ。兄がよく週末にシドニーに行っているのは事実よ。最近も行ったわ」

「妹に会ったとか、そういうことはきみに話さないのか？」

「アレックスに関しては、兄はひどく口が重くなるの」アラーナは答えた。「いまはロジャー・ウェストコットがいるでしょう。でも、わたしが気になっているのは、前の復活祭《イースター》にみんなでシドニーに集まったときのことよ。二人はボクサー並みに互いを牽《けん》制《せい》し合っていたわ」

「いつものことじゃないか？　何年ものあいだ、二人は堅固な壁をまわりに築いてきた。ぼくにできることはあるかな？」

アラーナは笑った。「座って。わたしは背が高いほうだけれど、あなたと話すときは見上げないといけないから」

「キーランもぼくもかなりの長身だからな」ガイは椅子を引いた。「きみのお父さんも」

「それはそうだけれど、あなたはどこか違うのよ。兄が絵を描き始めたのは、母が亡くなった苦痛に耐えられなくなったとき。兄は母と同じで、美的感覚が鋭いの。母はわたしたちが子どものころから絵を描かせようとした。キーランはなんでも上手に描くことができて、特に木がみごとだったわ」

「妹の指摘は正しい。キーランはすばらしいよ」

「わたしも正しいわ」アラーナは言った。「すばらしい絵を見たら、わかるもの」

「もちろんだ」ガイは穏やかに言った。「みんなキーランのことでは正しい。だが、彼を助けるためにいちばん理想的な立場にいるのはアレックスだ」

アラーナは悲しげな顔をした。「キーランは助けてほしくないのよ」

「お父さんはどう思っているのかな？」

アラーナは母のロイヤルダルトンのディナー・セットからカップと受け皿を出した。「父には抽象画は理解できないわ。写真のような写実主義の絵画が好きなの。父とは何を話したいの？」アラーナは気にかかっていることに話題を変えた。「まさかあなたからお金を借りたりしていないわよね？」

ガイはまっすぐにアラーナを見た。「お父さんとぼくの話は秘密だと言っただろう？」

「あなたはなんでも知っているのね……わたしたちが困っていることも」アラーナは苦々しげに言った。

「きみのお父さんが助けを必要としているなら、ぼくは援助する」ガイは答えた。「コーヒーをいれる準備をしないのかい？」

「命令するためにここにいるの？」

「助けようとしているだけだ」

「父は人生のすべてをブライアーズ・リッジにかけてきたわ」アラーナはやかんに水を入れ、火にかけた。「母がいるときはうまくやってきたのに、母が亡くなってからはひどい間違いをいくつか犯した」

ガイはその間違いのすべてを知っていた。「許してあげよう、アラーナ。悲しみは恐ろしいものだ。人から分別を奪ってしまう」

「許しているわ。なんといってもわたしの父だもの、心から愛しているわ。でも、今度の羊毛の競りがうまくいかなかったら、牧場を売らないといけないかもしれない。キーランもわたしも本当に一生懸命働いて……」アラーナはそこで言葉を切り、ガイを見つめた。「隣の谷のモーガン・クリークのようなことができないかと考えたの。あなたはどう思う？」

いつかガイに話すつもりだった。

「牧場への日帰り旅行か？　バーベキューのランチを用意し、牧羊の知識をはじめ、鞭やブーメランの使い方まで教えるという……」

「やってみるつもりよ」

「きみはなんでも試そうとするね」

「スーパーウーマンみたい？」つい口調が鋭くなり、アラーナは我ながら驚いた。

「きみは働きすぎだ。資金の手当てについては考えたのか？」

アラーナはいかにも気分を害したように顔をしかめた。「ここを救うために頑張らなければいけないのよ」

ガイにはアラーナの苦悩が手に取るようにわかった。「お父さんは頑張る気力をなくしているように見える」穏やかな口調で続ける。「キーランは別の人生を望んでいるかもしれない。きみひとりがブライアーズ・リッジを救うために奮闘し、それから別の場所に落ち着くのか？　来年のいまごろは結婚しているだろうな」

アラーナは歯をきしらせた。「頭がおかしくなったの？」

ガイは笑った。「ほかにも同じようなことを言った者はいると思うけれどね」

アラーナは手を振って打ち消した。「サイモンのことを言っているなら、お門違いよ」

「そうだな。ぼくは彼が好きだが、きみにはふさわしくない。きみは偉そうにするのが好きだから」

「確かにサイモンには偉そうにしているわね」アラーナは冗談めかして応じた。「けれど、そうするしかないのよ。サイモンのことが好きだというなら、母親から引き離してあげたら？」

ガイはいつもの穏やかなまなざしをアラーナに注いだ。「彼を母親から引き離すことはできる。でもきみから引き離すのは神業に等しい。サイモンにとってきみはすべてだ。誤解を恐れずに言えば、彼はボーダーコリーのモンティと同じだ。ひとりの女性としかつき合わない。きみはサイモンにとっていちばんの親友で、最高の関心事で、唯一の恋人だ」

アラーナはガイの向かいに腰を下ろした。「ずっと昔なら、あなたを信じなかったでしょうね。いまは恐ろしいと思うわ。わたしがほかの人と恋に落ちたら、サイモンはどうなるのかしら？　父が牧場を売り、引っ越すことになったら？　わたしが死んだら？　そもそも、いくら彼がわたしを望んでも、彼のお母さんが許さないわ。わたしを友人とさえ認めない。彼女は恐ろしい人。息子の心を壊している」

「サイモンはもう少し勇気を持つ必要がある」

「言うのは簡単だけれど、サイモンは母親を恐れているわ」一瞬ためらったあとで、アラーナは思いきって口に出した。「ローズはサイモンのことがとても好きなのよ……」

ガイの口もとに笑みが浮かんだ。「きみが何を考えているかわかるよ。ただし、きみが仲人を務めることはできない」

「だったら、あなたが試してみて」アラーナは言った。「あなたがすることはなんでも成功するから」

「わかった」ガイは椅子にもたれ、日に焼けた腕を頭の後ろで組んだ。「ぼくがきみに関心を示すというのはどうかな?」

「なんですって?」アラーナは息をのんだ。「そのロマンチックな……関心……ということ?」動揺し、しどろもどろで尋ねる。

「雷に打たれることはよくある」ガイはからかうように言った。「難しくはないだろう? きみは賢いからね」

「男の人は賢い女性が好きじゃないわ」

「そうだな。しかし、きみは本当にきれいだから、救われている」

アラーナは目をむいた。「わたしがきれいですって?」

「セクシーということにしようか?」

「ありがとう。でもけっこう」アラーナはさっと立ちあがった。「サイモンのためならどんなことでもするけれど、あなたと恋に落ちたりはしないわ」

キーランはコーヒーのすばらしい香りに迎えられた。アラーナが、見るからにおいしそうなサンドイッチと、父の好物のチョコレートクッキーを用意していた。彼女は料理が得意だった。

キーランはコーヒーをカップにつぎ、妹の隣に腰を下ろした。「来てくれてうれしいよ、ガイ。もっと頻繁に訪ねてくれたらいいのに」

「冬が近づくにつれ、仕事も楽になる」ガイが応じた。「さっき、玄関ホールの風景画に見とれていたんだ。すばらしいよ」

「進呈しよう!」キーランは断言し、ハムを挟んだサンドイッチにかぶりついた。

ガイが予想したとおりだった。「もらえるのはうれしいが、ぼくは買いたいと言っているんだ」

キーランは首を横に振った。「ありえない。きみにはずいぶん世話になっている」

「もう少し詳しく話してもらえないかしら？」アラーナは二人を交互に見た。

「ぼくが何をしたか気づいていないのか？」ガイはきき返した。「いろいろな器材を貸している。ワインや食用の葡萄《ぶどう》や最高級のオリーブオイルも送った。それに、キーランにはいろいろ助言もした」

キーランは両腕を広げた。「本当に助かるよ。絵は進呈する。そうすれば、次の絵を急いでやっつけることができるからね」

「きみには才能がある」ガイは真顔で言った。「自分でもわかっているだろう？」

キーランの顔から笑みが消えた。「ぼくの絵の才能でブライアーズ・リッジを維持していくのは不可能だ」

「だが、きみ自身の成功にはなる」

「アレックスと同じようなことを言うんだな」キーランは熱いコーヒーを飲んだ。「もしアレックスの言うとおりにしたら、ぼくは今年じゅうに個展を開くことになる。完売すると彼女は請け合ったよ」

「アレックスはよくわかっている。きっときみの助けになる」

キーランは無言だった。

「二人ともわたしが知らないことを知っているみたいね」アラーナは困惑していた。

「いろいろ考えている」ガイは物憂げな笑みを浮かべて答えた。

アラーナは兄に視線を向けた。「兄さんが話してくれた以上に牧場の経営状態は悪いの？」

「競りが終わったら、もっとはっきりする」キーランはもうひとつサンドイッチを取った。

アラーナはすばやく息を吸った。「ここを観光牧場にする話をガイにしたの」

いったん向かい側のガイに目をやってから、キーランは妹を見た。「観光牧場は資金があればうまくいくかもしれない。だが、たとえ資金のめどがついても、父さんが黙っていない。他人に自分の土地をうろついてほしくはないだろう」

「つまり、破産の道を選ぶということ？」アラーナは食ってかかった。最近はひどく感情的になってしまう。

キーランは妹の肩に腕をまわした。「まだ破産したわけじゃない」

兄と妹はしばらく見つめ合っていたが、やがてキーランは立ちあがり、ポケットにチョコレートクッキーを二つ入れた。

「本当においしかったよ」妹に言ってから、キーランはガイのほうを見た。「父と話したかったら、第二放牧場に行けばいい。三時に地元の仲介業者に会うことになっている。そこまで送っていこうか？」

ガイはかぶりを振った。「手間はとらせたくない。きみが忙しいのは知っている。ほかに誰か来たかい？」羊毛の生産者はたいてい、品質を偵察するために近所の牧場を訪れる。

兄と妹は同時にうなずいた。

「ハリー・エーンズワースとジャック・ハンフリーが来た」キーランが答えた。「羊毛の量は多くなったが、品質はこれまでより劣る。父は失望しているが、予期していたことだ。ワンガリーはどうなっている？　ぜひ見たいな」

ワンガリーの羊毛はいつも大きな関心を集めていた。シドニーで行われる大がかりな羊毛の競りでは、世界じゅうから集まったバイヤーたちからよく完璧《かんぺき》だと評される。

「来週にでも来ないか」ガイが誘った。「そのころにはずいぶん刈っていると思う。極上だ。信じられないほど白い。アラーナと一緒に来てくれ。お父さんもね。ランチを一緒にとろう。アランにはこれから会うから、ぼくが直接誘ってみるよ」

「いいね!」そう言ってドアのほうに向かいかけ、キーランはふと足を止めた。「それはそうと、あの絵はきみのものだ。金はいらない」

「では、別の方法で償わなければならないな」ガイは後ろから声をかけた。「額に入れておく」

「そうしてくれ」キーランは手を振った。「額までは用意できなかった。いいものは値が張るから」

「家の目立つ場所に飾るよ」ガイは約束した。「何年かして、ぼくはこう言うだろう。〝これはキャラハンの絵だ。彼は友人でね。幸運にもぼくはこの絵をいちばんに手に入れることができたんだ〟」

4

ブライアーズ・リッジにとって競りの状況はかんばしいものではなかった。各産地の羊毛が次々と安い値段で落札されるのを、キーランとアラーナは羊毛取引所のオフィスで座って見ていた。誰もが予想していたことだが、市況は明らかに不調だった。しかしありがたいことに、ワンガリー・バレーの最初の羊毛が競りに出されると、ずいぶん値が上がった。

「ひどいわ……待っていたのね」アラーナは不安で気分が悪くなりそうだった。

「それほど悪くはない」キーランは不安を押し隠し、妹を慰めた。この一年間の二人の重労働の結果が今回の競りで如実に表れるのだ。

ガイのワンガリー牧場の羊毛は今回の競りの目玉だった。バレーのみんながその品質に驚いていた。隣のヴィクトリア州から来た優秀な生産者も完璧《かんぺき》だと太鼓判を押した。めったに自分の意見を口にしないガイ自身でさえ、〝それ以上だ〟と評した。

市場は興奮にわき立った。事情通は、ワンガリー牧場の羊毛に高値がつき、それがバレーのほかの生産者にも好影響を及ぼすのではないかと予想した。

首を巡らせればガイが見えるだろう、とアラーナは思った。彼は業界の幹部と一緒に座っている。そこには母の兄のチャールズ・デンビーもいるはずだ。チャールズおじはアラーナにとってもキーランにとっても他人同然の存在だった。目に入れても痛くないほどかわいい妹のアナベルがアラン・キャラハンと結婚したとき、チャールズは大きなショックを受けた。生活苦と闘っている牧羊業者で、〝優秀だが無骨な〟アイルランド人との結婚には、デンビー家の誰もが反対した。実際、デンビー家からは誰も結婚式に参列しなかった。それ以来、兄と妹は疎遠になった。

美しく着飾ったデンビー家の三姉妹、ヴァイオレットとリリーとローズは、シドニーの一流レストランで昼食を終えてから競りに来たが、いま残っているのはヴァイオレットひとりだ。言うまでもなく彼女の傍らには父親とガイがいた。

「お父さんが来なくてよかったわ」競りの結果を見るのが怖いのか、結局、父のアランは来なかった。かつては美しい妻と家族を従え、会場の中心にいたのに。

一時間後、ワンガリー牧場の羊毛が競りに出された。予想どおり、またたく間にヨーロッパでも指折りのオートクチュールに高値で買い取られた。

競りは四時には終わった。アラーナとキーランはブライアーズ・リッジの将来を悲観しつつ、ガイと握手をするために残っていた。ガイはフロアの中央で業界の著名人たちに囲まれている。

「向こうを見ないほうがいい。チャールズおじさんとヴァイオレットがこっちに来る」キーランが注意した。「ぼくたちに気づいたら、まわれ右をするかもしれないけれどね」

「かまうものですか」アラーナはうんざりしたように言った。チャールズ・デンビーは優しさというものをまったく持ち合わせていない。

「これほど彼らと疎遠になったことがぼくには理解できない。母さんが父さんと結婚したことが、どうしてそんなに不快なんだ？　いま父さんは打ちひしがれてはいるが、まだまだハンサムだ。若いときはかなりのものだったはずだ。ハンサムで、強くて、働き者で、立派な人間だった。みんなにも好かれていたし、ブライアーズ・リッジを独力で買うこともできた。母さんをあばら家に連れ去ったわけじゃない。それに、母さんは父さんを愛していた。いったい何が問題なんだ？」怒りのあまり、キーランはそれ以上続けることができなかった。

「まったくね！」アラーナはため息をついた。

「ああ……どうやらぼくたちには気づいていないらしい」キーランが言った。

デンビー家の親娘《おやこ》が額を寄せるようにして熱心に話しながら歩いてくる。不意にヴァイオレットが顔を上げ、キーランとアラーナに視線を向けた。

「まあ、いたのね」ヴァイオレットはいつもの見下したような口調で言った。

いとこの失礼な言動に慣れていたアラーナは、気にも留めなかった。むしろ気になったのは兄のまなざしだった。キーランはめったに怒らないが、父の気性を受け継ぎ、挑発されると怒りを爆発させることがある。アラーナは懇願するように兄を見た。それから、ヴァイオレットを無視して、よそよそしい態度のおじに声をかけた。「こんにちは、チャールズおじさん」丁重に挨拶《あいさつ》をする。「お元気そうですね。高値がついておめでとうございます」

長身のチャールズ・デンビーはいつものようにまじまじと姪《めい》を見た。「すべて望みどおりだ」冷ややかな口調で応じる。「きみたちは競りの結果が気に入らなかっただろうね。それとも予想どおりだったのかな？」

「くだらない皮肉をわざわざ言いに来られたんですか？」アラーナの懇願もその甲斐《かい》なく、キーランは怒りをぶつけた。

ヴァイオレットが大声を出した。「なんてことを言うの、キーラン。すぐ父に謝って」

キーランは軽蔑《けいべつ》したようにいとこを見た。「ずいぶん偉そうな物言いだな。何を謝るのか教えてくれないか？　ぼくたちの丁重な提案はすべて一蹴《いっしゅう》された。ぼくの母ときみのお父さんはきょうだいだった。何があろうと、ぼくは自分の妹に対してきみのお父さんのような扱い方はしない。母は愛する男性と結婚しただけなのに」

チャールズ・デンビーは氷のような冷たい目を細めた。「アナベルは自身と家族の名誉を傷つけた。アラン・キャラハンは妹を棺桶《かんおけ》に入れたつまらない男だ。そして、いまは酔っ払いだ。そこをどいてくれ。きみのような横柄な人間と話す暇はない」

いよいよ兄の怒りが爆発すると思い、アラーナは息を吸って身構えた。

「あなたがぼくをよけて歩いたらどうです？」意外にもキーランは抑えた声で言った。「それ以上おっしゃると、身の安全は保証しませんよ」

アラーナがキーランの筋肉質の腕をつかんだとき、不穏な空気に気づいたガイがやってきた。

「キーラン、冷静になったほうがいい。ここは羊毛取引所だ。みんなこっちを見ている。友人が厄介な状況に追いこまれるところなど見たくない」

「この男が……」キーランは歯をきしらせた。

「ぼつぼつ行ったほうがいいですね」ガイはチャールズ・デンビーに目配せをした。

「困った人たちね」ヴァイオレットはこれ見よがしに鼻を鳴らした。「礼儀知らずなんだから。行きましょう、お父さん。話をする相手じゃないわ」

「そうだ、逃げればいい！」キーランは押し殺した声で言った。「このあたりで淑女と言えば、妹のことだ。あなたじゃない」

「キーラン、お願い」アラーナは再び懇願した。さらに注目が集まっている。「わたしたちが見世物になっているのを見たら、お母さんが悲しむわ」

「残酷な男め」去っていくチャールズ・デンビーと娘の後ろ姿に向かって吐き捨てたあと、キーランは燃えるような目をガイに向けた。「こんな扱いを受けるなんて、ぼくたちが何をしたというんだ？」

「チャールズ・デンビーは辛辣《しんらつ》で不幸な男だ」ガイは即座に答えた。「きみは怒りを抑えなければいけない。彼を変えることはできない。自らの頑《かたく》なな態度が彼の人生から幸せを奪ってしまった」両手を広げて続ける。「チャールズには与えるものが何もないんだ。同情されるべきは彼のほうだ」

「同情などするものか」キーランは息巻いた。「あんなふうに父を侮蔑する言葉を吐かれるのはうんざりだ。本当に無神経な男だ。老人でなかったら、殴っていた」不意にキーランの表情が変わり、口調も穏やかになった。「ガイ、妹のことを頼んでいいかな？　ぼくは人と会う約束があるんだ」

「それはかまわないが」ガイは驚いたように答えた。

アラーナもびっくりして兄を見た。「誰なの？　どこへ行くの？」このあとの計画は白紙だった。せいぜい損失について考えを巡らせるくらいだ。

「すまない、ラナ」キーランは理解を求めるように妹を見た。「人に会わないといけないんだ」

「女の人？」アラーナは兄を見つめた。兄にはわたしの知らない生活があるらしい。

「そうだ」キーランは妹の頬にキスをした。「ホテルに戻るだろう？　ぼくは何時になるかわからない。一時間後か数時間後か。明日は予定どおり、朝食をとったら、すぐに発《た》とう」

「その女性は誰？　とても大切な人みたいね」

「彼女の役にはあまり立てないが」キーランは苦々しげに応じた。「もう行かないと」

「行っていいよ」ガイは穏やかに促した。「アラーナの面倒はぼくが見る」

「面倒を見てもらう必要などないわ、ガイ」アラーナはいまにも癇癪《かんしゃく》を起こしそうだった。「あなたにはあなたの計画があるでしょうし」

「その計画にきみが入っている」ガイは彼女の肩に手を添えた。「さあ、行きたまえ、キーラン。ここは大丈夫だ。きみはひどく慰めを必要としているように見える」

キーランの青い目が光る。「ありがとう、ガイ」礼を言ってから妹を見る。「この埋め合わせはするよ、ラナ」

そう言うなり、キーランは去っていった。がっしりとした長身の体に怒りを閉じこめて。

アラーナとガイは通りに出た。夕方になっていたが、強い日差しが舗道を照らしている。

「わたしのことは心配しないで。ひとりで大丈夫だから」アラーナは怒りを抑えながら言った。おじは自分のことを何さまだと思っているのだろう？　言うに事欠いて〝アナベルは自身と家族の名誉を傷つけた〟とは。でも、どういう意味かしら？

「そうは思えないね」ガイはアラーナの気持ちを察し、心から同情していた。

「お友だちと一緒に過ごしたいでしょう」

「きみもキーランもぼくの友だちだ」

「わたしたちはあなたの友だちとしてふさわしくないわ」アラーナは苦々しげに言った。「いったいおじさんは何が気に入らないのかしら？　わたしは母を心から愛しているわ。きれいで威厳があり、優しかった。どうして自分の名誉を傷つけたりするかしら？　恥知らずはおじたちのほうよ。ローズは別だけれど。いくら妹が気に染まない相手と結婚したといっても、あんな態度をとるのは理不尽だわ」

「言っただろう、チャールズはつらい経験をしたんだ。妻も三人の娘も多かれ少なかれ影響を受けた。最大の影響を受けたのはヴァイオレットだ。その点は気の毒に思う。さて、コーヒーでも飲もうか？」

「欲しくないわ」アラーナはけんもほろろに断った。彼女の目は輝き、頬が紅潮して、とてもきれいだが、もちろん本人は気づいていなかった。

「わかった、お酒にしよう。議論はなしだ。ぼくは飲みたいんだ。お母さんの実家に関してきみができることは何もないし、何もしてはいけない」

「なぜヴァイオレットとくっついたり離れたりしているの？」アラーナは非難がましく言った。「彼女の味方をしているようだけれど、とんでもなくひどい人よ。彼女の体に興味があるのかしら？」

ガイはアラーナの顔をちらりと見た。「きみの言ったことは忘れよう。混乱しているようだからね。ああ……ここでいいだろう」歩道から一流ホテルのロビーへとアラーナを引っ張っていく。

「チェックインしたらどう？」アラーナはガイの腕を取った。「キーランは謎《なぞ》の女性と会っている。わたしも謎の男性をつかまえるの」

「じゃあ、ぼくは外してくれ」ガイは穏やかに言った。「きみとは子どものときからの知り合いだから、ぼくは〝謎の男性〟に入らないからね」

アラーナは美しいラウンジの座り心地のいい椅子に体を沈めた。客は少なく、笑みと静かな話し声だけの世界だ。あと一時間ほどすれば、常連客や仕事を終えた人たちでにぎわうはずだ。

「何にする？」ガイは立ったまま尋ねた。緊張しているのか、心なしか顔がこわばっていた。

なのにますますセクシーに見える、とアラーナはいらだちと欲望を覚えつつ思った。

「ウイスキーを飲んでもいい時間ね？」

「ジントニックにしよう。白ワインがいいかな？」

「あなたにはシャンパンにしましょう。おめでとう、ガイ」アラーナはしばみ色の目を上げた。そこには怒りの涙がきらめいていた。「兄とわたしはあなたにおめでとうを言いたくて残っていたの。そこへひどい親戚《しんせき》がやってきて……。二人は今夜のことを話していたと思う」

「ぼくに無関係なのは確かだ。さあ、気持ちを楽にして。親戚のことがなくても、きみは充分につらい思いをした。すぐに戻ってくる」バーへと歩いていく彼に、周囲の女性たちの熱い視線が注がれた。

動物好きのアラーナは、いつも兄を金色のライオンに、ガイを黒豹《くろひょう》に見立てた。それにしても、キーランはどこへ行ったのだろう？　バレーからシドニーまでは車で二時間ちょっとだ。シドニーに兄の恋人がいることは確かだ。兄が打ち明けてくれなかったことがアラーナは悲しかった。謎の女性には夫がいるのかしら？　だとしたら、危険だ。きっと美しい人だろう。といってもアレクサンドラを超える美人はいない。

驚いたことにガイは手ぶらで戻ってきた。

「わたしのジントニックはどうしたの？」アラーナは尋ねた。「ナッツやポテトチップは？」冗談で怒りをやり過ごそうとした。

ガイはすぐそばの椅子に腰を下ろした。「また始まった。シャンパンを注文してきたよ」

「まあ！　なんてばかげたことをするの？　わたしは腹を立てて落ちこんでいるから、酔っ払うかもしれないわよ」

「そんなことはさせない」ガイはアラーナの手を優しくたたいた。「昼食はとったんだろう？」

「あなたの昼食ほどおいしくなかったと思うわ。あ、なんという日かしら！　わたしたち、ブライアーズ・リッジを失うわ。いい値がつかないといけなかったのに。借金まみれで倒産しそうなの……知っているでしょうけれど」

「何かしら手を打てる」

アラーナは屈辱を覚え、ガイをにらんだ。「わたしたち一家を援助してくれていたんでしょう？　そんな気がするわ」

「ぼくに助けられたくないのか？」ガイはアラーナの顔をじっと見つめた。

アラーナは目をそらした。彼に見つめられるたび、背筋に電気が走る。「自分たちの手でなんとかしたいわ」無力感と絶望、それに激しい怒りを覚える。

「いまはこの話題は忘れよう」ガイが言った。「きみは神経質になっている。その点はぼくも同じだ」

「まさか！　ガイ・ラドクリフともあろう者が？」

「きみはぼくのことを知らない」

「知っているわ、差し支えのないことだけは。シャンパンが来たわ」

「二杯飲んだら、きみをホテルに送る。今夜、ぼくと一緒に食事をしてほしい」

アラーナの心臓が喉までせりあがり、口から飛びだしそうになった。「本気じゃないわよね？　チャールズおじとヴァイオレットが割りこんでくるんじゃないかしら？」

「チャールズときみのいとこたちとは昼食をともに

した」

「チャールズおじから結婚式の話が出たんじゃないの?」

「そんな話はいっさい出ていない」

そのとき、イギリスの有名なコメディアンにそっくりなウエイターがやってきて、シャンパンの瓶をガイに見せた。ガイは軽くうなずいた。

「あなたはこれまでさんざん遊んできたんでしょうね?」ウエイターがテーブルのあいだを縫うようにして去っていくのを見届け、アラーナはきいた。

「二人で夕食を楽しもう。きみとぼくだけで。きみの話を聞きたいんだ……きみは一戦交えたい気分らしいが」ガイは細いグラスを掲げ、アラーナのグラスに合わせた。かちりと音がする。「くつろぐんだ、アラーナ。何か補償は受けられるはずだ」

アラーナはひと口飲んだ。おいしかった。「くつろぎたいわ、本当よ。でも、できない。あなたと夕食をご一緒したいけれど、急に家に帰りたくなったの」まるで緊急の連絡を受けたように切羽つまった口調だった。「キーランが今日の結果を父に電話で知らせたわ。この何週間かは父の具合がよかったの。けれど、競りの結果は受け入れがたいと思う。きっとまたお酒を飲みだすわ」理解を求めるようにガイの目を見る。「今夜、車で送ってもらえないかしら?」神経質になるあまり、舌が上顎にくっつきそうだった。「送ってもらわなくてもいいのよ。たぶん約束があるでしょうから。ヴァイオレットとの朝食は言うまでもないわね」

「それが頼み事をする者の言い方か?」ガイは落ち着いたまなざしをアラーナに向けた。

「ごめんなさい。だけど、あなたのそばにいると、つい神経質になってしまう」

ガイが唇を引き結んだ。アラーナは身を乗りだし、キスをしたくてたまらなかったが、なんとか抑えた。

「みごとに隠しているよ。食事ならいつでもできる。家に帰りたいというのは本心か？」

アラーナは大きく息を吸い、うなずいた。「あなたが連れて帰ってくれるなら」

ガイがほほ笑んだ。この状況をおもしろがっているような笑みだった。「こんなふうにかわいらしく頼んでくれるきみを見るのはうれしい。だが、家に帰ってどうやってお父さんを支えるんだ？」

アラーナはまたシャンパンをひと口飲んだ。「少なくとも、そばにいるわ。父の性格を知っているでしょう。心配なのよ。兄に電話をして、知らせておくわ。兄が謎の女性のところから戻ってくるとは思えない。女性が誰か、知らないでしょうね？」

ガイの目が光った。しかし、何を考えているかはわからない。「不可解な話だが、女性が誰であれ、キーランに対して大きな力を持っているらしい」

5

案の定、アレクサンドラは留守だった。帰ってくるまでにはまだ一時間ほどかかるだろう。鍵《かぎ》は持っている。中に入ったとたん、彼女の香りがした。彼女が軽やかにやってくる姿が見えるほどだ。

照明をいくつかつけた。ここは最小限主義者《ミニマリスト》とは無縁の空間だ。いたるところで美しいものを目にする。白と淡い緑色を基調とし、オレンジ色がアクセントになっている。たくさんのシルクのクッション、緑色の釉薬《うわぐすり》をかけた磁器の壺《つぼ》、貴重なアンティークのランプ台。ガラスのテーブルの上には、やはり緑色の釉薬をかけた磁器の鉢が置かれ、みごとなシクラメンが植わっている。

まさに美しい女性のための美しい部屋だ。

キーランは部屋を横切り、ガラスの引き戸を開けた。バルコニーの向こうにはシドニー港のすばらしい風景が広がっている。当然だ。とびきり高価なアパートメントなのだから。

彼はジャケットを脱ぎ、ソファの背に投げた。シャツの襟もとのボタンを外し、ネクタイをゆるめる。それから、酒の入っているキャビネットへ向かった。どんなに酒が飲みたかったか！　アルコール依存症になった父の気持ちが理解できそうなほどだ。父は金と牧場を失っただけでなく、愛する妻も失った。そして悲嘆にくれ、妻のいない人生と向き合う気概を持てなくなったのだ。父の気持ちがわかる気がする、とキーランは思った。

ウイスキーのボトルがある。すばらしい！

キーランはグラスにたっぷりとつぎ、氷を入れようと明るいキッチンに入った。アレクサンドラはきれい好きだ。すべてがあるべきところにおさまり、いたるところに女らしい繊細さが見て取れる。どの部屋にも花を欠かしたためしがない。今日はつややかな黒い御影《みかげ》石の上に黄色いチューリップが飾られている。ずらりと並んだ食器棚にはすばらしいボーンチャイナが見える。とはいえ、芸術品で飾られたこの美しいアパートメントの主役はいつも彼女自身だった。

しだいにキーランは落ち着きを取り戻した。大変な一日だった。もうブライアーズ・リッジを維持するのは不可能だ。銀行は抵当権を行使するだろう。そのあとは？

キーランにとっては牧場がすべてではなかった。だが、父とアラーナにとってはすべてだ。妹は心から田舎暮らしを楽しんでいる。キーランも楽しんではいたが、心の奥底では、たとえ田舎の生活を失っても悲しむことはないとわかっていた。気が向いたときに訪れればいい。田舎の風景ならいつでも描ける。

自分の才能にキーランは気づいていた。母はいつも彼に言っていた。

〝わたしのかわいいキーラン、あなたには才能があるのよ。きっといつか、すばらしい画家として認められる。マーカスがあなたの絵をどう思うか知りたいわ。今度マーカスがオーストラリアに来たら、きいてみるつもりよ〟

マーカス・デンビーほどの成功は望めないかもしれないが、彼とは違ったものの見方はできる。しばらくは苦労することもいとわない……。

突然、キーランは耳障りな笑い声をあげた。アレクサンドラがいれば、苦労することはない。彼女はラドクリフ家の人間であり、相続人なのだ。彼はウイスキーを一気に飲み干した。アレクサンドラの姿が目に浮かぶ。真珠のような肌、黒檀《こくたん》のような目と髪、聖母そのものの顔。だが、彼女は許されざる罪を犯した。キーランはソファへ行き、長身を横たえた。悲しみに胸が締めつけられる。ウイスキーがもたらしたほてりはまたたく間に冷めた。もう一杯飲もう……。

そのとき、鍵が差しこまれる音がし、キーランはさっと立ちあがった。動悸《どうき》が激しくなる。もう外は暗いが、明かりはつけてあった。何度、彼女が帰ってくる前にこの家に入ったことか。

彼女は気づいたらしく、そっと呼びかけた。

「キーラン？」

キーランが二人の距離を数歩で縮めると、アレクサンドラはシルクの絨毯《じゅうたん》の上に革のハンドバッグを落とした。キーランは彼女を引き寄せるや、熱く飢えたようなキスをして、柔らかな唇を開かせた。

「きみに夢中だ！」その激しさに彼女が困惑しているのがわかったが、キーランは気にも留めなかった。

腕の中でアレクサンドラがうめいた。彼女のその声を聞くことがキーランにとってはすべてだった。強く抱きしめると、彼女の体が床から浮いた。彼女はピンクのスーツの下に、白いシルクのキャミソールをつけている。キーランの手が生き物のように胸のふくらみを包んだ。「アレックス……」彼はささやいた。「きみのことをどうしたらいいんだ？」

アレクサンドラはキーランの首に熱い息を吐いた。「このままわたしを苦しめ続けるだけなの？」

キーランはアレクサンドラを抱きあげるや、廊下を通り、主寝室に向かった。彼女の中に我が身をうずめたい一心で。みごとなベッドにアレクサンドラを下ろすと、クリーム色と金色の豪華なキルトに横たわる彼女を見つめた。アレクサンドラを見るたび、胸が張り裂けそうになる。彼女は懇願するように腕を彼に向かって伸ばした。その体はかすかに震え、優雅にまとめていた髪はいまにもほどけそうだ。

「なんて美しいんだ」キーランはかすれた声で言った。「美しすぎる」彼は我慢できなくなり、スーツのボタンを外し始めた。

アレクサンドラは無言で横たわったまま、この抑えきれない欲望に終わりはあるのかしら、と思った。「来るなら、なぜ知らせてくれなかったの？」

キーランは答えなかった。ただアレクサンドラの上体を起こし、薔薇《ばら》色のレースのブラジャーを取り去って胸をあらわにした。なんて魅力的なのだろう。アレクサンドラの衣類を脱がせるたびに、彼は新鮮な感動を覚えた。

「キーラン……あなたはわたしを愛しているの？」

アレクサンドラの大きな目に涙があふれる。

キーランはその目にキスをした。「あんな仕打ちを受けたあとで、どうすればきみを愛せるんだ？」彼は耳障りな声で問い返した。「きみが欲しい、きみが必要だ。この答えで満足してくれ」

「何年ものあいだ、あなたはわたしを非難してきた。わたしが本当のことを話したときも」

キーランは苦しげな笑みを浮かべた。「やめろ、アレックス。きみの嘘《うそ》なんかどうでもいい」

アレクサンドラの頬を涙が伝い落ちる。彼女はシヨーツを脱がせやすいよう腰を浮かせた。ブラジャーとおそろいの薔薇色のレースだ。アレクサンドラはいつも最高に美しい下着を身につけている。キーランは胸をときめかせながら、彼女を生まれたままの姿にした。

キーランが初めて目にしたときと同じく、アレクサンドラの白い体はいまもバージンのように清らかで美しい。無邪気な十代だった二人は情熱的に体を重ね、セックスに、そして愛に酔った。

あれから七年が過ぎようとしている。もう二人が一緒に過ごすことはできない。とはいえ、アレクサンドラが欲しいという気持ちは現在のほうが強かった。まるで不治の病みたいに、キーランは彼女のとりこになっていた。

彼はベッドの傍らに膝をつき、果物のように甘い珊瑚《さんご》色の胸の頂を口に含み、そっと噛《か》んだ。「アレックス、アレックス……」

アレクサンドラは両手でキーランの頭をつかみ、豊かなブロンドの髪に手を這《は》わせた。目には激しい欲望に加え、えもいわれぬ優しさが浮かんでいる。彼のためなら死ぬことさえいとわないだろう。

キーランは彼女の背に手を添えて引き寄せた。

「どうしてわたしにこんなことをするの?」

キーランはアレクサンドラのいたるところにキスを浴びせた。「わかっているだろう」非情な声だった。「二人ともやめられないからだ」

大型車はワンガリー・バレー目指して一気に走った。アラーナはつかの間、目を閉じたように思った。

そして、耳もとでささやくガイの声にはっと目を開けた。

「さあ、起きて、眠り姫」

アラーナは目をしばたたき、上体を起こして、あたりを見まわした。「なんてことかしら！　眠ってしまうなんて」

「睡眠が必要だったんだ」ガイが応じた。彼女が苦しげな泣き声をもらしていたことは言わずにおいた。

「家に着いたのね」

「ああ、玄関の前だ」ガイは暗い屋敷に目をやった。家の奥の明かりがひとつだけついている。「ぼくも一緒に行くよ」彼はすぐさまシートベルトを外した。

声というのはその人物の人となりを語ってくれる。その人物が何者か。自信に満ちて魅力的か。温かいか、冷たいか。敬遠するべきかどうか。父の言うとおり、ガイ・ラドクリフは王子さまだ、とアラーナはつくづく思った。

玄関へ歩いていくと、バディが家の中から出てきて、ベランダの明かりをつけた。やせた彼の姿が鈍い金色の光の中に浮かびあがる。

「ミス・ラナ、今晩お帰りになるとは知りませんでした」バディは手すりまで歩いてきた。「こんばんは、ミスター・ラドクリフ」丁重に言う。

「こんばんは、バディ」ガイは温かな口調で応じた。人に認められることが若者に喜びと自信を与えることを知っているのだ。「問題はないかい？」

問題があることはみんな知っている。アラーナは小走りに石段を上がり、家の中へ入っていった。

バディはガイに目をやった。「ミスター・キャラハンですが……二、三時間前からお飲みになっています」悲しげな声で言う。「様子を見に来たんです。わたしがそばにいると喜ばれますから」

「そうだね、バディ」ガイはうなずいた。「きみにそばにいがかわいそうでたまらなかった。

てくれると、アラーナも助かるだろう」

「できるだけのことはします」バディはうれしそうにほほ笑んだ。「ミス・ラナは、肘掛け椅子で酔いつぶれているお父さんの姿を目にするでしょう。ベッドに移したかったのですが……」バディは腕をいっぱいに広げた。「ひとりで抱きかかえるのは無理でした。なにしろ大きな体ですから」

いまだにアラン・キャラハンは、妻が死んで自分が生き残っていることを責めているのだ。そして、その苦しみと悲しみを酒で紛らしている。そんなガイの胸中を察したのか、バディが頭上の天の川を指差して言った。

「ミセス・アナベルはあそこにいらっしゃいます。奥さまはお元気です。ミスター・キャラハンはおひとりではありません」

そのとおりだとガイは思った。「もう帰っていいよ、バディ。ありがとう。ぼくがミスター・キャラハンをベッドに寝かせるから」

「手伝いはいりませんか？」やせて小柄なバディはできるかぎり手伝うつもりでいた。

「ありがとう、バディ。だが、なんとかなるよ」ガイは家の中に入りかけ、足を止めた。「食事はすんだのか？」

「いいえ。ここにいましたから」バディは首を横に振った。黒い巻き毛が揺れる。「ミスター・キャラハンに付き添っていなければなりませんでした」

「頼み事をしていいかな、バディ？」若者がうなずくのを見て、ガイは続けた。「農園のレストランに行き、食事をしてきてくれないか？　なんでも好きなものを頼めばいい……三品だ。ひとりで食事をするのが面倒なら、持ち帰ったらいい。きみが行くことを電話しておくから」

バディは驚きの声をあげた。「ぼくが？」

「そうだ、バディ。腹が減っているだろう」

「ええ、少しは」実際のところ、バディはおなかがぺこぺこだった。それにしても、ラドクリフ農園のレストランだなんて！　彼は驚いた。もちろん、一度も行ったことがない。しかも三品も注文できるなんて。牡蠣《かき》とかステーキとか？　とんでもなくおいしそうなチョコレートケーキとか？　すごい！

アラーナは肘掛け椅子の傍らに膝をついていた。アラン・キャラハンはひどい格好で椅子に座ったまま、娘のブロンドの頭に大きな手をのせている。「ガイ！」アランの充血した目にガイの姿が映ったらしい。「ああ、すまない」いつも魅力的なアランの声はしわがれていた。

「ベッドに入ったらどうでしょう、アラン？」ガイは動揺を隠し、チェックのジャケットを脱ぎながら穏やかな声で促した。

「そうだな」アラン・キャラハンは立ちあがろうとして腰を浮かしたものの、また椅子に倒れこんだ。

「さあ、お父さん、手を貸すわ」アラーナは手の甲で頬の涙をぬぐった。

「大丈夫だ、アラーナ。ちょっとどいてくれ」優しいがきっぱりとした口調でガイは言った。

アラーナは言われたとおりにして、父の寝室に先まわりして、ベッドを整えることにした。ガイの手前、ひどく恥ずかしかった。

二人はゆっくりと廊下を歩いてきた。ガイに両肩を支えられた父は何やらぶつぶつ言い、まるで酔っ払ったダンスのパートナーのようだ。一方、ガイは息切れひとつせず、数分で父の大きな体を狭いベッドに横たえた。

ガイはあたりを見まわした。「まるで修道士の部屋だな」

「父が悔悛《かいしゅん》者で？」アラーナの顔に屈辱の色が浮かぶ。「父が苦しまないほうが不思議よ」

「お父さんの服を脱がせるよ」ガイは言った。「もうちょっと楽にさせてあげよう。ひとりで大丈夫だから、行ってくれ」

アラーナは体の向きを変えたが、ドアの近くで足を止めた。父がうめき声をあげ、たくましい腕を激しく振りまわし始めたのだ。

「妻は彼を愛していた」まともな口調だった。「本当の話だ。なのに、わたしは彼女を妊娠させた。美しいアナベルを妊娠させたんだ。言い訳はできない」アラン・キャラハンはガイのシャツの前をつかもうとした。「きみは紳士だろう？　きみのお父さんも紳士だった。わたしはアイルランドの田舎者だ。何か言うことはあるか？」

ガイの表情を見てアラーナは立ちすくんだ。哀れみが消え、代わりに冷ややかな表情が浮かんでいる。

「娘さんをびっくりさせているよ、アラン」ガイは静かにたしなめた。

アラン・キャラハンは濁った目をガイの後ろに向け、ようやく事の重大さを察したようだった。「まだいたのか、アラーナ？」

アラーナは無言だった。その場に凍りついたように身じろぎもせず立っている。

「ここはぼくに任せてくれ、アラーナ」ガイはアラーナと父親のあいだに立った。

「どういうこと？」アラーナはガイをじっと見つめた。「あなたは知っていたんでしょう、ガイ。だから、チャールズおじさんはわたしたちを嫌っているのね？」

「そのとおりだ！」突然、アラン・キャラハンが怒鳴った。「チャールズは嫌悪を隠そうともしなかった。あいつは妹を溺愛《できあい》していた。アナベルはわたしの友人のデイヴィッドを愛していた。だが、わたしはどんなふうにアナベルを手に入れるかなんて気にしなかった。彼女に夢中だった。譲ることなどできなかった。わたしの中にはプロボクサーの血が流れているんだ」

「いまはまったく戦っていませんが」ガイの黒い目が光った。「かつての戦士の面影もない。自分を見てごらんなさい。五十五、いや五十六歳ですか？　まだ老いるには早いのに、負け犬のようにベッドに倒れている」

アラーナは不安になってきた。「父は意気地なしじゃないわ！」大声で言った。「勇気があるわ」いえ、かつてはあった、と彼女は心の中で言い直した。

ガイは視線をアラーナに向けた。「男の勇気というのは、天が何を与えようと沈黙に耐えることだ」

「天が奪ったことについてはどうなの？」アラーナは猛然と言い返した。「奪われて、取り返すことができないときは？」

ガイは大きなため息をついた。「皆、失ったものの重さに耐えなければいけないんだ。毎日、ぼくは父を恋しく思っている。父はすばらしい人だった」

アラン・キャラハンは笑い声をあげた。「そのとおり！」そう言うと、すべて終わったというように寝返りを打ち、壁のほうを向いた。

最悪の筋書きだった。アラーナは我が身を抱くように腕を体にまわして居間に座り、ガイが父の部屋から出てくるのを待った。

父は何をしたのだろう？　愛する女性を自分のものにするために、どんな手段を使ったの？　母はどうして父と結婚し、父の子どもを産むことに同意したのかしら？　本当にほかの人を愛していたのだろうか？

わたしとキーランの知らないことをガイは知っていた。そして、ひと言ももらさなかった。バレーのほかの人たちもかつての三角関係を知っているのだろうか？　それに、ガイの容赦のない口調。わたしは彼を許せるかしら？　真の悪夢は、ガイがわたしたちを心の底では憎んでいるかもしれないことだ。ガイの母親のセドニーはいつも礼儀正しいが、ひどくよそよそしい。セドニーは夫の過去を知っていたのかもしれない。わたしの母とガイの父親は、婚約まではいっていないが、真剣な交際をしていたらしい。いずれにせよ、過去が父を苦しめている。おそらく死ぬまで苦しむのだろう。父は自滅の道を歩むことを選んだのだ。

「ぐっすり眠ったよ」ガイが戻ってきて言った。

「誰が？　臆病《おくびょう》者が？」アラーナは痛いほどの屈辱を感じながら皮肉った。

「そんなことを言った覚えはない」ガイはいらだたしげに答えた。「きみが言ったんだ。だが、ある意味ではそうだろう？」

ガイは彼女の向かい側のソファに腰を下ろした。

「あなたは思いやりのある人だと思っていたわ」アラーナは傷ついたようなまなざしを彼に注いだ。

「いまはない」ガイはぶっきらぼうに応じた。「きみのお父さんは愛する妻を失い、大きな打撃を受けた。だが、このバレーには、過酷な試練を乗り越えなければならない人は大勢いる。さっき、お父さんは自分のことをプロボクサーと呼んだね？　彼はボクサーとしてＫＯされた。それ自体は許される。だが、お父さんは立ちあがろうしない。そこが問題なんだ。娘と息子がいて、ブライアーズ・リッジもあるのに。いまや失ったも同然だが」

「アラーナは声を震わせた。「わたしが知らないと思っているの？」

ガイは身を乗りだし、アラーナを凝視した。「きみは牧場の維持に心血を注ぎ、キーランは奴隷のように働いてきた。もっとも、デンビー家の才能を受け継いだキーランは窮地を切り抜けるだろう」

「わたしには才能はないというの？」アラーナは鋭いまなざしをガイに向けた。

「アラーナ、きみは美しい。それに多くの才能に恵まれている」ガイの口調は悲しげだった。「ぼくの憂いは、きみがあまりにも大きな重荷を背負っていることだ。もっと人生を楽しまなくては」

、アラーナは屈辱のあまり怒りを爆発させた。「わたしは自分の人生を愛しているのよ、ガイ！」勢いよく立ちあがる。「哀れむのはやめて！　それだけはまっぴらよ！」

ガイはすばやくアラーナの傍らに立ち、心外だというように彼女を見下ろした。「そんなふうに思っていたのか？　ぼくがきみを哀れんでいると？」

アラーナはガイを見上げた。心臓が早鐘を打っている。挑発するようなことを言えば、すべてが変わるとわかっていた。「じゃあ、どうだというの？」

くすんでいた黒い目に光がともった。「見せてあげよう！」

アラーナは目をそらすことができなかった。何年もガイと張り合ってきたが、いまガイはどちらが主導権を握っているか、証明しようとしている。

ガイはアラーナを強く引き寄せた。アラーナは一瞬のけぞり、それからゆっくりと彼の腕の中へと落ちていった。

深みへとどんどん落ちていく、とアラーナは思った。ガイは助けてくれるだろうか？　いつものガイとはまったく違う。彼の中に潜む野性が欲しいものを手に入れようとしている。彼女は興奮のあまり息もろくにできなかった。

「ガイ……やめて！」これまでの二人の関係が終わろうとしている、とアラーナは悟った。

「止められるものなら、止めてみろ！」

腿の付け根が興奮にうずき、神経は末端まで敏感になってくる。「ガイ！」アラーナはうろたえ、声が震えた。ガイの力を、欲求を感じた。何よりもきみを求めている、と彼のすべてが語っている。男性の固い体が持つ暴力的なエロティシズムを彼女は初めて知った。

ガイはいきなり唇を重ねて主導を握り、巧みにアラーナの唇を開かせていった。アラーナは抵抗しなかった。いま起こっていることに夢中になっている。彼のキスは情熱以外の何ものでもなかった。優しさからはほど遠く、渇望よりも強い。アラーナは身を任せるほかなかった。

これこそ求めていたものだから？　アラーナはガイにしがみつき、耐えがたいほどの快感におぼれた。彼の香りが鼻を刺激する。信じられないほどの唇や舌の熱さ、そして柔らかな肌をこする彼の日に焼けた肌の感触を味わう。二人の唇は明らかに離れるのを拒んでいた。こらえきれずにアラーナは身を反らした。同時にすすり泣きがもれる。もはや何も考えられなくなりそうだった。

そのとき、頭の上で、ガイの聞き慣れない苦しげな声がした。

「哀れみなんかじゃないんだ、アラーナ」

「そうね……」アラーナの目に涙が浮かぶ。「どういうつもりなの？　懲らしめ？」

ガイは広げた指をアラーナの背に添えた。「そんな話はしたくない」

「あなたはとても上手ね。わたしの心臓がどきどきしているのを感じたい？」

信じられないことに、ガイはアラーナのあざけりに即座に反応した。彼女のシルクのプリント柄のシャツの中に手を入れ、ブラジャーの上から胸のふくらみを包んだ。

アラーナはあえぎ、たちまち体が熱くなった。ガイの男らしい手が素肌を探り始める。アラーナは彼の手首をつかんだ。続けてほしいけれど、止めなければ。思いとは裏腹に、経験したことのない向こう見ずな情熱にとらわれていく。わたしの人生はどこへ向かおうとしているの？　ガイのことを恋人として考えたことなどないのに。

　嘘つき。とたんに心の中で意地悪な声が指摘した。

「きみの鼓動が速くなっている」ガイはさらに愛撫《あいぶ》を続けた。アラーナの体を探検するという、長いあいだ待ち焦がれていた航海に出たかのように、緊張のせいで彼の表情はこわばっていた。

　ガイの指が胸の頂を探りだすと、アラーナは口もきけなくなった。彼はもう一方の腕でさらにアラーナを引き寄せ、紅潮した彼女の顔を見下ろした。

「きみはきれいだ。非の打ちどころがない」

「わざわざ危険を冒すほどの女ではないわ」

「目を閉じて。きみを傷つけたりはしない」ガイは請け合った。「少しきみを愛したいだけだ」

　わたしが興奮していることがわからないの？　いまにも全身が燃えあがりそうなのに。「無理だと言ったら？」

「無理じゃないさ」ガイは唇を喉へと移した。「お父さんは朝まで起きない。きみをぼくの家に連れていきたい」その声は石さえ溶かすほど情熱的だった。

　もし彼についていったら、人生の重大な転機になるとアラーナはわかっていた。「わたしはそんなばかではないわ」おのずと警戒心が高まる。アラーナはバージンだった。避妊薬ものんでいない。

「きみの望まないことは何もしない。きみはバージンだろう？」

　アラーナの口からうめき声がもれた。「わたしはそんなにわかりやすい？」身を引こうとしたが、ガイにしっかりと抱きしめられ、無駄だった。

「もっとわかるようになりたい」

　ガイの口調にアラーナはめまいがしそうだった。

「これから家に電話をする。きみは何も食べていないから、グウェンに何かつくってもらおう」

「そのあとは？」アラーナはぐいと顎を上げた。その目には挑むような光が宿っていた。

「きみと少し愛し合いたい」ガイは穏やかに言った。「本格的に愛し合う日がすぐに訪れるだろうが」

「わたしにとってはいまでも充分に本格的だわ」アラーナは防御壁が崩れだすのを感じていた。「それにわたしは、ここにいないといけないの」感情のコントロールができなくなりつつある。

「怖くてぼくと一緒に行けないのか？」ガイはアラーナの目をのぞきこんだ。

ばかげているが、そのとおりだった。「あとのことを考えてしまうわ」アラーナは欲望を抑えながら答えた。「一緒にワンガリーに行けば、朝にはバレーじゅうの人たちに知られてしまう」

「ばかばかしい」ガイは一蹴《いっしゅう》した。「みんな、きみをそのまま受け入れる。昔からの友人だと」

「そうね……あなたはみんなに忠誠を求めるでしょうから。わたしが母とあなたのお父さまの仲を聞いたことがなかったのもそのせいかしら？　二人は恋人同士だったの？」

「そんなことを話して何になる？」

「今日までその影響を被っている人がいるからよ。あなたのお母さまはそんな秘密を知りながら、どうやって生きていらっしゃったのかしら？」

一瞬、ガイは黙りこんだ。それから威圧的な表情になった。「母のことはほうっておいてもらえないか、アラーナ？」

「ごめんなさい」アラーナは謝った。「でも、わたしには知る権利があると思わない？　もう子どもじゃないわ。あなたのお母さまも知っているはずよ。あなたはいつ知ったの？　アレックスは知っているの？　それとも、わたしと同じように何も知らされていないの？」彼女はたたみかけた。

「調べていけば、最後は暗い森に迷いこむことになる」ガイはジャケットを取った。「これで最後だ、アラーナ。ぼくと一緒に来るか？」

アラーナは耐えがたいほどの欲求を抑えた。ガイの魅力に抵抗できないことはわかっていた。そして彼の中の強力な何かがアラーナの立場をさらに弱くすることを。

「いいえ、ガイ」アラーナは顔をそむけ、かすれた笑い声をあげた。「これまであなたにノーと言った女性はいないでしょうね」

ガイの黒い目が光った。「だから、きみは拒んでいるのか？」

アラーナは何か適切なことを言おうと言葉を探した。「理由はわかっているでしょう、ガイ。わたしを傷つけないと言ったけれど、あなたは心の奥深くでわたしを傷つけたがっているのよ！」

6

シドニーから戻ってきたキーランは、疲れて神経質になっていた。競りの日に姿を消したことについては謝ったが、謎《なぞ》の女性の名は明かさなかった。アラーナ自身、悩みを抱えていたので、兄のことはほうっておいた。時期が来れば話してくれるだろう。それまでは触れずにおこう。

彼女もまた、自分の悩みをキーランに話せないでいた。ガイ・ラドクリフに恋をしていると話したら、兄がどんな反応を示すか想像もつかなかった。兄は驚いたあとで、いまの関係にとどめておくようにと忠告するだろう。兄はラドクリフ家の人たちを手の届かない存在だと思っていた。

父は大酒を飲むことはなくなったが、体重がずいぶん減った。アラーナは長年の飲酒が父の体をむしばんでいるのではないかと不安になった。そこで肝硬変に関するあらゆる資料を読み、ある種のハーブが昔から肝臓疾患に効くことを知った。父は医者に行くのも検査を受けるのも拒んだが、村の薬剤師が勧める薬はのんだ。

「医者に診てもらったほうがいいよ、アラーナ」薬剤師は優しいまなざしを彼女に注いだ。「この薬はたいして役に立たない」

アラーナはもう一度、父を説得してみようと決めた。

突然ローズから電話があり、ラドクリフ農園のレストランで昼食をとろうと誘われた。

「あなたに知らせたいことがあるのよ、ラナ」ローズは歌うように言った。「うきうきしているわ。火曜日の一時はどう？　わたしのおごりよ。予約しておくから」

火曜日の朝、アラーナは服装に気を配った。細身の黒いスラックスの上に真っ白なリネンのシャツを合わせる。腰には大きな銀色のバックルがついた幅広の黒いエナメルのベルトをつけ、ハイヒールの黒のサンダルを履いた。母の黒いバッグはいつまでたっても流行遅れにはならない。

鏡で点検し、我ながら上出来だとアラーナは思った。センスのよさは母親譲りだ。服にお金をかけることとおしゃれは違うのだ。

ローズに会うのが待ち遠しかった。支度がすむと、ベランダの椅子に座って青々とした丘を眺めている父のもとに行った。

「どうかしら？」アラーナはモデルよろしくポーズをとった。また酒を飲み始めたアラン・キャラハンは以前より気難しくなっていた。

「きれいだ」アランは腕を娘の腰にまわして引き寄せた。「ローズによろしく言ってくれ。彼女のように、人柄と名前が一致する人が世の中にはいるものだな」

「外見と人柄がぴったりの人がいるようにね」むろん、アラーナの頭の中にあるのはガイだった。「お父さんは今日は何をするつもり？」

アランは顔をしかめた。「町に出かけてもいいかと思ったんだが……」

「本当？」アラーナにとってはうれしい驚きだった。父はめったに外出しようとしなかった。「どうして言ってくれなかったの？　町まで送っていって、あとで迎えに行くのに」

「ちょっと考えただけさ。ブレナン神父を訪ねようかと思ってね。懺悔《ざんげ》をしに」

「お父さん？」アラーナは父の顔をじっと見つめた。

「冗談だよ」アランはかすかにほほ笑んだ。「懺悔などもう何年もしていない。いまからまた始めるつもりもない。だが、テリー・ブレナンは好きだ。いいやつだ」

「お母さんもそう思っていたわ」

「アナベルに神のお恵みがありますように」アランはため息をついた。「母さんは聖人だよ。わたしのような男に尽くしてくれて」

「お父さんもまんざらじゃないわ！」アラーナは父親の体を軽く揺すった。昔の父は陽気でユーモアがあり、愛情深かった。「お母さんはお父さんを愛していたわ」

「母さんが？」

「当たり前でしょう」

「愛がある、そして愛がある」アランは力なくつぶやいた。

「どういうこと？」アラーナは困惑して尋ねた。

「わたしは夢を見ながら生きてきた。母さんがいつの日かわたしを愛してくれているという夢をな。母さんはわたしを受け入れてくれたし、とても誠実だった。だが、母さんが望んでいたのはわたしではなかった」

アラーナは胸を痛めた。「わたしたちは幸せな家族だったわ。夢なんかではなく、現実だった。それにお母さんはお父さんを愛していたわ。いつもお父さんの冗談に声をあげて笑っていたでしょう。ある時期、デイヴィッド・ラドクリフに恋をしたことがあったかもしれない。でも、結局はお父さんと結婚したわ」

アランは苦しげなため息をもらした。「いろいろあるんだ」

「話して。それがなんであるにしても、お父さんをむしばんでいるのだから」アラーナは息を殺して待った。

「すまない」アランは身を起こした。「自分でもよくわからないんだ。さあ、そろそろ時間だろう。たっぷりと楽しんでおいで。おまえはもう少し人生を楽しまなければいけない」

アラーナは腕時計に目をやった。すぐに出かけないと、遅刻してしまう。乗用車で行くつもりだったが、エアコンの調子が悪い小型トラックを使うことにした。「出かけるときは乗用車を使ってね。わたしは小型トラックで行くから」父はトラックのエアコンが故障していることを知らない。

アランはかぶりを振った。「わたしのことはかまうな。おまえはおしゃれをしているんだから、乗用車を使いなさい」

「お父さんには乗用車のほうが向いているわ」アラーナは六十三歳になる父の頬にキスをした。「たんすにアイロンをかけたシャツを入れておいたから。お父さんは青いシャツが似合うわ。じゃあ、気をつけて。愛しているわ」

「わたしもだよ」アラン・キャラハンは立ちあがり手すりまで歩いていき、手を振って娘を見送った。

アラーナの姿を認めるなり、ローズの目がうれしそうに輝いた。ローズは椅子から立ちあがり、爪先立ってアラーナにキスをした。

「会えて本当にうれしいわ」ローズは愛情のこもった口調で言った。「今日はまたなんてすてきなのかしら。バレーでいちばんきれいよ。だからヴァイオレットがかっかするのよ」声をあげて笑う。

「わたしがあなたを大好きなのも不思議はないわ」アラーナも笑みを返した。

ローズは絵のようにきれいだった。目の玉が飛び出るほど高価なデザイナーズ・ブランドのドレス、イタリア製のハンドバッグ、それに靴。デンビー家の娘たちのファッションは注目の的だった。

思ったとおり、二人は最高の席を与えられた。床から天井までの一枚ガラスのそばで、陽光を浴びた葡萄《ぶどう》の谷を一望できる。なんてすばらしい景色だろう、とアラーナは感嘆した。熟したシャルドネ種の葡萄はいつ収穫されてもいいように見える。

「ワインを飲むでしょう？」ローズは大きな青い目をいとこに向けた。

ローズは本当に美しい。ショートカットにした豊かなブロンドの髪と赤く塗った薔薇《ばら》のつぼみのような唇は、モデルを思わせた。それに性格も優しい。サイモンにぴったりだ。口うるさいレベッカもローズ・デンビーなら反対しないだろう。

「一杯だけね」アラーナはほほ笑んだ。「車で来たから」

「わたしはサイモンが送ってくれることになっているの」ローズは少し不安げに打ち明けた。「もうすぐ一緒に仕事をすることになるわ。ガイが勧めてくれたの。でも、まだサイモンには言わないで。決まったわけじゃないから」

「あなたが知らせたいっていうのは、そのこと?」

ガイがすぐさま行動を起こしたことに、アラーナは驚いた。

「そうよ!」

ローズは見るからにわくわくしていた。

「わたしに向いている仕事だと思うけれど、あなたの考えを聞かせてほしいの。あなたは頭がいいでしょう、わたしと違って」

「そんなことないわ、ローズ」アラーナは即座に言った。「いつから自分を信じられなくなったの? あなたは優秀な学生だったわ」

「そうね」ローズはため息をつき、葡萄園に目をやった。「あんな姉たちがいると、自信なんて持てないわ。二人でわたしを攻撃するんだから。確かに学校の成績はよかったわ。だけど、何もしていないもの。あなたはアナベルおばさんが亡くなってから、ずっと働き続けてきた。わたしなんか、何も考えずにふらふらしている遊び好きの女の子としか見られていないわ」

「そんなことあるものですか!」アラーナはローズの手を取って上下に振った。「あなたは自分に厳しすぎるのよ。ガイが仕事を勧めてくれるなんて、すばらしいことだわ」

「あなたはいつもわたしのことを信じてくれるのね、ラナ」ローズは身を乗りだし、こっそりと打ち明けた。「広報の仕事なの。父も母も卒倒するでしょうね。社交的なことは得意だったけれど、急に仕事がしたくなって……。わたしは人を相手にするのが上手な気がするの。傲慢《ごうまん》な姉たちと違い、人に好かれるようだし」

「それなりの理由があるからよ」アラーナは語気を強めた。「あなたは魅力的よ。きれいで、思いやりがあって、聡明《そうめい》だわ。それにバレーのことはなんでも知っているし、世界じゅうを旅行しているから、海外からの観光客ともコミュニケーションがとれる。きっといい仕事ができるわ。おめでとう！」あらゆることにガイがかかわっている、とアラーナは思った。

ローズは顔を赤らめた。「そう言ってもらえてうれしいわ、ラナ。農園のツアーの計画を立て、円滑に運営するのが仕事よ。時間があれば、事務所でサイモンの手伝いもできる。サイモンのことはずっと好きだった。でも、彼はあなた以外の人間は目に入らないみたい」

アラーナは首を横に振った。「ローズ、いい機会だから言っておくけれど、わたしはサイモンに対してロマンチックな気持ちはこれっぽっちも持っていないわ。わたしたちは友人なの」

ローズは目をしばたたいた。「だけど、あなたがたは結婚する時期を待っているだけだって、ヴァイオレットが言いふらしているわ」

「わたしの話を聞いていないのね」アラーナはローズの手を軽くたたきながら言った。「サイモンとは、いまもこれからも、恋人同士になることはないわ」

「まあ、そうだったの。ありがとう、ラナ」ローズは心臓発作を起こしたかのように胸に手をあてがった。「二人はすぐにでも結婚するものと思っていたわ」

「ヴァイオレットにパンチをお見舞いしたいわ」

「ただ、サイモンはあなたに夢中よ……」

「あなたがうまく振る舞えば、きっとあなたに夢中になるわ」アラーナはローズの目を見た。

「信じられない！　本当にサイモンを望んでいないの？」

アラーナは革表紙のメニューを手に取った。「夫としては、ノー。生涯の友だちとしては、イエス。彼の子どもの名づけ親になれたら、どんなにうれしいか。その前に花嫁の付添人にならないとね。ヴァイオレットの言うことは気にしないこと。彼女は生まれついてのトラブルメーカーよ」

「そのとおりね」ローズは力強くうなずいた。「リリーも同じ。いつか二人ともしっぺ返しをくらうことになるわ」

サイモンは平日の昼間にアラーナに会えてうきうきしていた。アラーナの頬にキスをし、ローズに優しくほほ笑みかける。

「おいしかったかい?」サイモンは駐車場へと足を運びながら尋ねた。

「とても!」二人の女性は声をそろえて答えた。

「腕がいいと評判のシェフがいるからね」サイモンは満足そうに言った。「何を食べたんだい?」

「ローズが車の中で教えてくれるわ」アラーナはサイモンの腕に軽く触れた。「家まで送ってあげるんでしょう?」

「ワインを飲んだあとで運転してほしくないからね」サイモンが答えた。「ローズはとんでもないことをしかねない」

「楽しいことが好きなのよ」ローズは遠慮なく彼の腕を取った。「とても楽しかったわ、ラナ」アラーナにお別れのキスをする。「ネーミングにはもちろん応募するでしょう?」

「しないわ」アラーナは即座に言った。「あなたが優勝すればうれしい」

「本当? わたしに勝ってほしいの?」ローズは青い目を大きく見開いた。

アラーナはうなずいた。「王冠をかぶったあなたの写真をたくさん撮ってあげる」

サイモンはアラーナをいぶかしげに見た。「冗談だろう、ラナ?」

「いいえ、本当よ」アラーナは穏やかに答えた。

「もう登録してしまったのに」サイモンの口調はいかにも残念そうだった。

「困るわ。応募しないと決めたんだから」

「それは朗報ね」ローズは屈託のない笑みを浮かべた。「ほかの参加者にチャンスがまわってくるということだから」

アラーナが小型トラックに向かって歩いていると、背の高い男性が目の前に立ち、光を遮った。

「やあ」ガイは気さくに声をかけた。「考え事かい？」

サングラスで目が隠れていてよかった、とアラーナは思った。「こんにちは、ガイ。これからはこんなふうなのかしら？」

「こんなふうとは？」ガイはアラーナの腕をそっと取ると、白い花をたくさんつけた蔓《つる》棚の陰へと連れていった。

「もう友人じゃないんでしょう？」

「いままで友人だったのかな？」ガイは皮肉めいた口調でき返した。

「違うわね」アラーナは顔をそむけた。「ローズと昼食をとっていたの」

「聞いたよ。彼女はきみのことが大好きだ」

「わたしもローズが大好きよ。ヴァイオレットには近づきたくないけれど。いまでもサイモンとわたしがすぐに結婚すると言いふらしているそうよ」

ガイはアラーナの白いシャツを見た。上三つのボタンを外しているため、胸の谷間が少し見える。

アラーナは体がほてり、彼の手の感触を思い出さずにはいられなかった。

「ローズのことを頼むよ」

アラーナは笑い声をあげた。「彼女はサイモンといそいそと帰っていったわ。あなたも見ればよかったのに。仕事の件を聞いたわ。ローズに機会を与えてくれてありがとう」

てあげるなんて、すばらしいわ」

「わかっているだろうが、きみのためにした」

「どういうこと？」アラーナは平静を装って尋ねた。

「とぼけるな。きみらしくない。ぼくはきみが言ったことを実行しただけだ。ローズとサイモンが仲よくなるようにした。それがきみの望みだろう？」

鳥の鳴き交わす声や蜂《はち》の羽音が聞こえる。アラーナは白い花の甘い香りを吸った。「ひざまずいて感謝してほしいの？」

ガイは笑みを浮かべた。「その代わりに家まで送らせてくれないか？　ひどく暑い。小型トラックのエアコンが故障していることは知っているよ」

「あなたの知らないことってあるのかしら？　でも、窓というものがあるわ」アラーナは強がりを言った。ここに着いたあと、髪を直すのに数分かかった。

「笑顔を見せてくれたら、修理をして、それから牧場に送り届ける。たぶん明日の午後には」

「そんなことまでしてもらったら、申し訳ないわ」

こんな申し出を断るのは愚か者だけだ、とアラーナは思った。

「だが、サイモンを遠ざけるためにぼくに縁結びをさせることはできるんだな？」

アラーナは傷ついた。「サイモンのことは愛しているわ」

「友人としてね。サイモンは事実を認めるべきだ。ローズは心から同情するだろう。きみの言うとおり、彼女は見かけ以上のものを持っている。仕事もうまくこなすに違いない」

「同感よ。彼女、すごく喜んでいたわ」

ガイは心なしか眉を寄せた。「仕事そのものより、サイモンと毎日会えることがうれしいようだ。二人とも心優しい。きみは違うが」

「あなたもね！」

「しかし、家には送らせてくれるだろう？」

アラーナはガイを見上げた。「あなたはいつでも威圧的になれるのね、ガイ・ラドクリフ」

ガイは彼女の腕を取って屋根つきの専用駐車場へと歩き、助手席のドアを開けてくれた。そして、アラーナが革張りのシートに乗りこむ前に、不意に彼女の顎をつかんでキスをした。

激しいのか優しいのかアラーナにはわからなかったが、脚から力が抜けていき、ふらついた。

「幸い、いつも威圧的とはかぎらないんだ」ガイはアラーナの頭に手を置き、助手席に座らせた。まるできみは捕虜だとでもいうように。

田園地帯は丘や谷がゆるやかな起伏をつくり、ありとあらゆる色合いの緑を見せていた。谷あいの道に沿って優雅なドーム型の木々が日陰をつくっている。広大な放牧場ではすでにアカシヤの金色の花がいっせいに咲き始めていた。

アラーナは窓からバレーの風景を眺めていた。車の内装はとても洗練されている。最高級車と小型トラックでは乗り心地に雲泥の差があった。

空は晴れ、思わず歌いだしたくなるような日だ。丘の上には白い雲が形を変えながら集まっている。平和のシンボル、鳩《はと》が白い羽を広げたように見える雲もある。なのに、アラーナの心は少しも平和ではなかった。次々と不安がよぎる。いまもうずいている唇に決して手を触れまいと努めていた。

「出かける前に父が奇妙なことを言ったの」アラーナはいきなり打ち明けた。

ガイはアラーナを横目でちらりと見た。「どんなこと？」

「ブレナン神父に会い、懺悔するって」

「何を心配しているんだ？」さすがにガイは彼女の胸中をすぐに読み取った。

「父は死にたいと思っているわ」アラーナの口調に

は悲嘆の響きがあった。

「そうかもしれないな」

「兄とわたしはいつも気をつけているけれど、ずっと一緒にいることはできない」

「今日はキーランはどこにいる？」

アラーナはシートの背にもたれた。「マンガン家の手伝いに行っているわ。手術をしてから、ミスター・マンガンはちゃんと立てないから」

「ああ、知っている」

ガイはほかのことを考えているようだ、とアラーナは思った。

「きみの家は牧場をやめないといけないだろう？」

アラーナはうなずいた。「わたしにも仕事をもらえないかしら、ローズみたいに？」つい辛辣《しんらつ》な口調になり、我ながらぞっとする。「ごめんなさい。ひどい言い方ね」

「ぼくがブライアーズ・リッジを買ってもいい」

はっとしてアラーナはガイを見つめた。「あなたのところは牧場を必要としていないでしょう」

「ああ」

「じゃあ、どうして？」

ガイの顎がこわばった。「きみのお父さんが立ち直ってくれるなら、買うよ」

つまり、わたしは彼にとって何か意味があるのだ。でも、どんな意味があるの？　アラーナはしばし考えてから口を開いた。「そうは思えないわ。父は絶望しているから。〝懺悔〟の話を冗談に紛らそうとしたけれど、わたしはだまされない。父はこう言ったの〝愛がある、そして愛がある〟夢を見ながら生きてきた、とも言ったわ。それに、お母さんが望んでいたのは自分ではない、とも」

「それは懺悔ではないだろう？」ガイは奇妙な口調で言った。

「あなたはなんでも知っている。だからこうして話しているのよ。ある意味では、あなたの家族とわたしの家族は結びついている。バレーでいちばん裕福な一族で由緒ある牧羊業者の子孫と、無一文でこの国にやってきたアイルランド人の移民と。どうして母は父を選んだのかしら？」

ガイはしばらくしてから答えた。「結婚したとき、きみのお母さんは妊娠していた。そして子どもの父親と結婚した。簡単なことさ。お母さんは自分が正しいと信じた道を選んだ」

アラーナの目に涙がこみあげた。「確かなの？　キーランとアレックスは顔を合わせるたびに奇妙な振る舞いをする。どうして？　たぶんアレックスはキーランの〝謎の女性〟よ。二人は血縁関係があると思っているのかもしれない。それを恐れているんじゃないかしら？」

ガイは取り乱した彼女の横顔に目をやった。「アラン・キャラハンはアナベルが身ごもった子どもの父親だ」その声は確信に満ちていた。「空想をもてあそんで心配するのはばかげている。きみの言うように、妹とキーランの関係には奇妙なところがある。とはいえ、きみが考えているようなことではない。アランはアナベルを自分のものにしたが、そのことで苦しんでいる。キーランはお父さんの息子だ。アナベルは自らの意思でアランとの結婚を決めた。とにかく、きみたちの家族は幸せそうだったし、事実、きみは幸せだった。そっとしておこう。答えがわからないようなつらい質問をしても、得ることは何もない」

アラーナは欲求不満に陥りそうだった。「子どものころ、あなたを英雄のように崇拝していたわ」

ガイは道路に目を向けて言った。「きみは混乱している。ぼくはきみのために闘わないといけないのか？　だが、ぼくはきみが欲しいということしか考えられない」ガイはハンドルから片手を離し、アラーナの頬に触れた。

アラーナは渇望とともに、全身に鋭い痛みを覚えた。泣いてはいけない。「それで、火遊びを始めるの？　そういうこと？　わたしが欲しいから？　どれくらいのあいだ？　終わったら、どうなるの？」彼女は矢継ぎ早に問いかけ、ガイのほうに顔を向けた。「どんな恐ろしい結末が待っているの？　わたしが結婚という罠《わな》を仕掛けないとなぜわかるの？　ピルをのんでいると嘘を言うこともできるのよ」

「きみはぼくを罠にかけたりしない」ガイは言いきった。「きみを得た男はすばらしい宝を手にすることになる。いずれにせよ、きみはそんなまねはしない。きみに卑しい心はない」

「そう願っているわ」彼のすべてが深く心に染みこんでくる。境界線を越えてからいっそう顕著になった。ガイはわたしの心を打ち砕く力を持っている。わたしは父のようになるかもしれない。壊れた心は元に戻らない。「母がキーランを身ごもったのは避妊に失敗したから？」

ふとガイの顔が暗くなった。「頼む、アラーナ、もう忘れるんだ」

「そう簡単に忘れられないわ。あなたはわたしに何を望んでいるの？　わたしはあなたの慰みものになる気はないわ。遊んで捨てられるなんてごめんよ」

「ぼくがきみをそんなふうに扱うと本気で思っているのか？」ガイはかっとなった。「ぼくは情緒不安定な人間ではない。復讐《ふくしゅう》したいとも思っていない。いつもどこかでつながっていたことを、ぼくたちはお互い知っている。二人とも必死に隠していたが」

彼の地位、人を引きつける魅力、経験といったものを、わたしは恐れていたのだろうか？　アラーナは窓の外を見つめた。「ヴァイオレットとベッドをともにしたことはあるの？」きかずにはいられなかった。

ガイの口もとがゆがんだ。「ある。しばらくのあいだ。きみには嘘《うそ》をつかない。母はヴァイオレットを気に入っていた。きみには理解できないだろうね。ぼくにもよくわからない」皮肉のこもった口調だった。「ヴァイオレットはその気になれば魅力的になれる。これぞという人に取り入るのがうまい。わかるだろう？　だが、ぼくたちの関係はある段階で止まった。彼女とぼくはまったく違う人間だった。ヴァイオレットは彼女にふさわしい人を見つけるだろう。ぼくにはガールフレンドがたくさんいた。大方はいまでも友だちだ。ぼくは故意に女性を傷つけたためしはない。特にきみは傷つけたくない」

「けれど、あなたの誠意が逆効果になる場合もあるわ」アラーナは静かに指摘した。「親しくなれば、違いが際立つかもしれないし」

「心配なのか？」ガイがきいた。「きみのことは子どものころから知っている。二人のあいだに本質的な違いはないと思う。二人とも田舎が好きで、いまの暮らしを必要としている。自然を愛し、自然が持つ癒《いや》しの力を感じ取ることができる」

「あなたがヴァイオレットとベッドをともにしたと知って、つらいわ」アラーナは率直に言った。「関係はしばらく続いていたのだから、彼女は巧みだったのでしょうね」

ガイの喉からうめき声がもれた。「アラーナ、たとえきみが相手でも話せないことはある。嘘をついてほしかったのか？　ぼくはヴァイオレットとはなんの約束もしていない。きみが思っている半分も親しくはない。きみの頬に触れるほうがぼくは何倍も興奮する」

「それでわたしたちは関係を持つの？」もしそうなったら、わたしは永遠に自分を失ってしまう。

「ぼくは心からそれを望んでいる。ぼくたちはいい友人の段階を過ぎてしまった」

「もしわたしがサイモンとベッドをともにしたと言ったら、あなたは平気?」

「いや、平気じゃない」ガイは断固たる口調で言った。「だが、きみたちは違う。サイモンはきみを心から愛している。これまできみを親友として扱ってきたが、彼にとってはつらかったに違いない」

「彼はわたしの親友なの!」

「じゃあ、ぼくはなんだ?」ガイはアラーナに挑むような視線を注いだ。「教えてくれ」

アラーナは指を折りながら挙げ始めた。「強い影響力を持っている人。多大な権限を持っている人。そして、たくさんお金を持っている人」

「金なら腐るほどあるから、ぼくと結婚してくれないか?」

「もちろんしないわ。いまの段階では結婚なんか考えられない」

「半年後は?」

「ふざけているのね」アラーナはガイの目が光っているのを認めた。「勝手に楽しめばいいわ」

「先のことはわからない。ともかく、きみとサイモンは合わない」

悲しみのさざなみがアラーナの胸に押し寄せてきた。「サイモンはひどく傷つくでしょうね」

「気の毒だと思う。しかし、サイモンにはローズのほうがずっとお似合いだ。それに、レベッカはローズのことをまったく違った目で見るだろう」

アラーナの口からもれた笑い声は心なしか震えていた。「ローズはデンビー家の人間だもの」

「きみだってそうだ。レベッカは風変わりな人だ」

「〝少しおかしい〟と母がよく言っていたわ」

「できるかぎりレベッカには近づかないことだ」

アラーナは驚いてガイを見た。「どうしてそんなことを言うの?」

「それは……」不意にガイは言葉を切り、アラーナの腕に触れた。「すぐ先で事故があったようだ。急ブレーキをかけた跡がある。それにあの大きな木にできた傷は新しい。車が砂利でスリップし、木に衝突して、横転したのかもしれない。確かめてくる」

　たちまちアラーナは不安に駆られた。いつかこんなことが起こるのではないかと覚悟していた。母が死んだ場所もここからさほど離れていない。けさ、父は町まで車で行くつもりだと言っていた。

　アラーナはパニックを起こしそうだった。美しい日が悪夢へと変わっていく。

　ガイは坂をのぼりきったところで車を止めた。一メートルほど離れたところにあるユーカリの樹皮がはがれ、根もとに落ちている。ガイはすばやく車から降り、助手席のほうへまわった。「きみはここにいてくれ。ガソリンのにおいがする」

「わたしも行くわ」

「危険だ。ここにいたまえ。きみには警察と救急車を呼んでもらわないといけないから」

「お願い、うちの車じゃないと言って」アラーナは懇願するように言った。

　ガイは手を上げ、すぐさまわきに下ろした。不本意にもわき起こった恐怖を抑えながら、彼は車から離れた。そしてすぐに戻ってきた。

「きみの家の車だ」ガイは悲しげに言った。「アランがハンドルの上に倒れこんでいる。強烈なガソリンのにおいがする。早く車から出さなければ」

「でも、ガイ、危険だわ！」アラーナはガイを見つめた。わたしはガイと父を同時に失うの？

「ぼくは大丈夫だ。言うとおりにしてほしい。警察と救急車を呼んでくれ」

　そう言い残し、ガイは急いで樹木のあいだを縫って斜面を下りた。車に着くなり、思いきりドアの取っ手を引っ張る。運よくドアは開いた。アラン・キャラハンの頭越しに手を伸ばしてイグニション・キーを抜いたとき、アランの喉からうめき声がもれた。

よかった！　ガイは車から頭を出し、斜面の上から見下ろしているアラーナに叫んだ。「生きているぞ！」だが、どんな具合だ？

こめかみから血が流れている。ガイはすぐにシートベルトを外し、アランに腕をまわした。いつ車が燃えあがってもおかしくない。まさに死と隣り合わせだ。なんとしても生還しなければ。アランをかついで斜面を上がるしかない。そのとき、アランが体を起こし、自分の足で立とうとした。

「迎えに来ましたよ、アラン！」ガイはほっとして叫んだ。「一刻も早くここから離れましょう」

ガイはまた腕をアランにまわし、引きずるようにして斜面を上がった。幸い、急勾配《こうばい》ではなかった。

ああ、お父さん、いったいどうしたの？　自殺を図ったの？　それとも砂利にハンドルを取られてしまったの？　さまざまな問いがアラーナの胸を去来した。ガソリンのにおいが強くなっている。ガイが斜面をのぼりきれるかしら？　心配でたまらない。斜面の上に立つアラーナの身も危険だったが、離れることはできなかった。

いま何か起こったら、わたしは死んでしまうだろう。これ以上の喪失には耐えられない。

「トランクに敷物が入っている」ガイが声を張りあげた。「急げ、アラーナ。敷物を後部座席にかけろ。そこにお父さんを寝かせる。救急車を待つより、病院に行くほうが早い」

アラーナは走った。

数分後、ガイが町へ向けて車を発進させたとき、キャラハンの車が爆発した。オレンジ色の炎が壁のように立ちのぼり、曲がった鋼鉄がミサイルのようにあたりに飛び散った。

7

二人は病院の待合室に座っていた。

ガイがついていてくれなかったら、アラーナは暗い世界に閉じこめられていたに違いない。彼の穏やかで頼もしい態度に支えられていた。ガイはアラーナの手を握っていた。いつ握られたのかわからなかったが、アラーナは離すつもりはなかった。彼女はショックのあまり呆然《ぼうぜん》としながらも、父が何を考えていたのか理解しようと努めた。半ば無意識のうちにガイの肩に頭をのせて。

「ラナ?」

二人が顔を上げると、キーランがバディを従えて待合室に入ってきた。バディは動転し、泣いている。

アラーナは立ちあがり、兄の腕に飛びこんだ。キーランは妹をしっかりと抱きしめた。

「いったいどういうことだ、ラナ?」キーランのハンサムな顔はゆがみ、声にはいらだちがこもっていた。「事故なのか? それとも父さんは自ら人生を終わりにしようとしたのか?」

アラーナは力なくつぶやいた。「わからない。わからないわ」

「警察が調べれば、すぐにわかるだろうが」キーランは言った。「まずはバディを泣きやませないと。いらいらする」

アラーナは泣いているバディに目をやった。「お父さんを愛しているのよ」

「ぼくだって愛している。だが、何もかもうんざりだ。父さんは何を考えていたんだ? あとでぼくたちがどう思うか、少しは考えてくれてもよさそうなものなのに」

自殺未遂だとキーランは思っているらしいが、ガイはその可能性は少ないと判断していた。「事故の可能性が大きいと思う」

「いや、人生最後のドライブをしようとしたんだ」キーランは押し殺したような声で反論した。「きみにはなんと礼を言っていいか。英雄だ」

「その話はよそう。きみだって同じことをしたはずだ」

「きみは英雄だ」キーランは繰り返し言ってから、泣いているバディに顔を向けた。「いいかげんにしてくれ、バディ」バディは知らせを聞いた瞬間から泣き続けていた。

ガイはバディの細い肩を抱いた。「バディ、いまは強くならなければだめだ。強くなれるか?」

「少し頭が混乱しています、ミスター・ラドクリフ」バディは悲しげに答えた。

「みんなそうだ。しかし絶望してはいけない」

バディは目をくるりとまわした。「あなたは爆発寸前の車からミスター・キャラハンを救いだされたそうですね。すごく勇敢です」

本当に信じられないほど勇敢だ、とアラーナは思った。

「これは勇気とは無関係だ、バディ」勇敢だと言われることがガイには重荷だった。「するべきことをしたまでだ」

しばらくしてサイモンとローズが心配そうな顔でやってきた。

「事故があったと聞いたとき、サイモンは気が変になりそうだったのよ」ローズはアラーナにそっと打ち明けた。「サイモンはてっきりあなただと思ったの。それでわかったわ。やっぱり彼はあなたを愛している。あなただけを」

アラーナはローズの青い目をのぞきこんだ。「彼はいつでもわたしの力になってくれるし、わたしも彼の力になるわ……」ふとアラーナの視線がローズの背後に注がれた。「ドクター・ピットマンよ」

全員が立ちあがった。五十代前半で真っ白な髪のビル・ピットマンは心臓外科医で、救急治療の責任者でもある。

「さて」ピットマンはきびきびと、しかし思いやりのある口調で切りだした。「アランは心臓発作を起こし、それで運転中に意識を失ったようですね。応急処置として痛みと不快感を取り除きました。これから冠状動脈のつまりを取り除き、血流の回復を図ります」ドクターはガイのほうを向いた。「病院にすぐに連れてこられたので、一命を取り留めました。アランは病気です。このまま一日か二日、入院してもらいます。詳しい検査をする必要があります。バイパス手術を受けることになるでしょう」

「父に会えますか？」アラーナがきいた。

「少しだけなら」ビル・ピットマンは優しくほほ笑んだ。「あなたとキーランだけです。お父さんは意識がもうろうとしています。安静がだいじです」

「わかりました」ガイは皆を代表して答えた。

事故とわかり、アラーナもキーランもほっとした表情を見せた。バイパス手術は成功率が高い。適切な治療を受け、生活を変えれば、アラン・キャラハンには長い人生が残されている。生きたいという強い意志が本人にあればの話だが。

アラン・キャラハンのバイパス手術は十日以内に行われることになった。それまでは投薬治療をしながら、家で過ごす。むろん飲酒は禁止だ。こうなっては、たとえひとりでいても父が酒に手を出すことはないだろう。それでもアラーナは絶えず父に付き添い、獲物をねらう鷹《たか》さながらに見張っていた。父親から離れなければならないときは、従業員用の宿舎から移ってきたバディが面倒を見てくれる。

〝五分とひとりになれないじゃないか！〟アラン・キャラハンは文句を言うふりをした。〝トイレにもひとりで行けない〟バディがついていき、ドアの外で見張っていた。

ワイン祭りの晩餐《ばんさん》会が土曜日の夜に催されるが、アラーナは行くつもりはなかった。手術が無事終わるまでは父の身が心配だった。

サイモンがしょっちゅう見舞ってくれた。もちろんアラーナに会うためだが、父の健康を気遣っているのも事実だった。

先だって顔を見せたとき、サイモンは言った。〝数時間くらいバディが見てくれるだろう？　ずいぶん調子もいいみたいだし〟

〝晩餐会はまたあるわ〟アラーナは答えた。〝ローズを誘えばいいのよ。少しは一緒に過ごしているんでしょう？〟

〝彼女には感謝している。忙しいときは本当に助かっているんだ〟サイモンの口調が優しくなる。〝きみの言ったとおりだ。ローズには見かけ以上のものがあるよ〟

〝ローズといると、あなたは落ち着くのね？　晩餐会に行けないのは残念だけれど、いまわたしがするべきことは何かわかっているわ〟

だが、父親は納得しなかった。

〝アラーナ、おまえが晩餐会に行くと言うまでは寝ないぞ。わたしは元気だ。おまえが家にいるより、舞踏会に出かける姿を見るほうがずっとうれしい。それにバディが一緒にいてくれる。どうか晩餐会に行っておくれ〟

アラーナにはひとつ問題があった。着ていくドレスがないのだ。

そこで、キーランが家の近くで仕事をしているあいだ、アラーナは急いで町まで出かけた。気のきいたブティックが二軒ある。予算に見合うものがあるかもしれない。

最初のブティックは値段が高すぎたので、もう一軒のほうへ足を向けたとき、上品だが冷ややかな声に呼び止められた。

「晩餐会に行くことにしたのね、アラーナ？」

振り向くなり、レベッカ・ラドクリフの黒い目と合った。なんて運が悪いのかしら！「こんにちは、ミセス・ラドクリフ」慌てて笑みを浮かべる。「どうしても行けと、父が言い張るものですから」

「お父さまの具合はいかが？」口ぶりといい、表情といい、心配している様子はまったくうかがえない。

「ずいぶんよくなりました」アラーナは人目につかないようアーケードへと移動した。レベッカもついてきた。「十四日にバイパス手術を受けます」

レベッカはかすかな笑みを浮かべた。「知っているわ。息子がなんでも話してくれるから。ところで、あなたは息子に何を望んでいるのかしら？　いい機会だから、話してもらえない？」

アラーナは胸の内でゆっくりと十まで数えてから口を開いた。「サイモンとわたしは小学校に入学したときからの友だちでした。わたしたちは友だちです。ご存じだと思っていました」

「いいかげんにして」レベッカはあざけるように言った。「息子を望んでいないのに、あなたは手放せないのね。息子がほかの女性とつき合わないように仕向け、同時にガイに目をつけている。ガイはあなたの小さな秘密なんでしょう？　もう何年も彼に夢中よね。あなたの十八歳の誕生日のことをきのうのことのように覚えているわ。ガイはあなたの頬にキスをした。そのあと、あなたはその頬に触れたわ。自ら秘密をばらしたも同然だった。ガイはあなたのいとこのヴァイオレットと結婚することになっている。でも、若い女性は夢を見がちなのよね。彼のほうもあなたに惹《ひ》かれずにはいられないのでしょう。

あなたは美人だから。罪つくりな人ね、お母さんに似て。だけど、あなたはガイを手に入れることはできない。憎しみのせいで」

以前ほどショックを受けはしなかったが、それでもアラーナは胸を締めつけられた。「どうして母の思い出をけがそうとするの？」怒りのあまり声が低くなる。「憎しみって、なんのことです？」

レベッカは薄笑いを浮かべた。「あなたって情熱的なのね」それがまるで重大な欠陥であるかのように言う。「守るべき秘密は心得ているわ。一族の中には守らないといけない秘密がたくさんあるの。わたしはその一族のひとりよ。お忘れかもしれないけど、わたしはデイヴィッド・ラドクリフの弟と結婚したのよ」

ついにアラーナはアイルランド人気質《かたぎ》を表に出した。「その方はなんとしてもあなたから逃げだしたかったようですね」言い返したものの、すぐに謝った。「すみません、言いすぎました。でも侮辱されて黙っていることはできません。サイモンとわたしのことがご心配でしたら、サイモンにそうおっしゃればいいわ。わたしから見れば、彼の人生の問題はあなたです！」

あんなことを言うべきではなかった、とレベッカと別れてからアラーナは後悔した。でも、彼女は言われて当然でしょう？　アラーナはすっかりドレスを探す気が失《う》せた。晩餐会にも行きたくない。腹の虫がおさまらない。彼女はわき目も振らず、小型トラックを止めてあるところまで歩いた。あんな母親では、サイモンに気骨がないのも無理はない。彼を勧めるなんて、ローズには悪いことをした。レベッカのような姑《しゅうとめ》には口の悪いヴァイオレットこそふさわしい。

そこをガイが車で通りかかり、見るからに憤然とした様子で小型トラックへ向かうアラーナの姿に気づいた。ガイは駐車場に車を入れ、降りるなり声をかけた。「ここで何をしている？」

アラーナの心臓がいつものように跳ねた。わたしの秘密の恋人……。「いま来たところよ」心ならずも声が震える。「サイモンのお母さんに会ったわ」

「ああ」なるほどとばかりにガイは息を吐き、アラーナのもとへ歩み寄った。「不運にも氷河に衝突したようなものだな。彼女はなんと？」

アラーナはこめかみに手を当てた。「どこから話せばいいかしら？」

「コーヒーでも飲みながら話そう」

「でも、家に帰らなければ」

「コーヒーを飲めば元気が出る。長くはかからないよ」ガイはアラーナの腕を取った。「実のところ、週末はお父さんに看護師をつけたらどうかと思ったんだ。晩餐会には来るだろう？」

「本当はそのつもりはなかったの」アラーナはガイに導かれるまま、町でいちばん新しいビストロへと向かった。最近引っ越してきたイタリア人の家族が経営する店で、おいしい軽食やパンやケーキを出してくれるが、とりわけコーヒーがすばらしい。

「どうして気が変わったんだ？」

「父に説得されたのよ。それでドレスを探していたというわけ」

「アレックスにシドニーの店で選んでもらったらどうだ？」ガイはそれがいちばんの解決策だというように言った。「妹はきみに合うものを知っている」

「ええ。アレックスは趣味がいいわ。でも予算にかぎりがあるの」もちろん、その予算がどれほどか、ラドクリフきょうだいは知らない。

「アレックスなら安くてすばらしいドレスを見つくろってくれるさ。ここできみが気に入るものを見つけるのは無理だ」

「たいていの女性はドレスに大金を払うことはでき

ないわ」アラーナは言った。「どのみち、出るのはやめたから」

「いや、出るんだ」ガイはきっぱりと言った。「たとえ粗い麻布で縫ったドレスを着ても、きみならバレーでいちばんの美人に選ばれる」

ガイはガラス戸を開け、イタリア風の装飾を施したビストロの中へとアラーナを促した。ランチタイムは過ぎていたので、店内はすいていた。イタリア人家族のひとりで、おじいさんのアルドが飛ぶようにやってきて、勇んで最高の席へと案内した。

二人とも自家製のチキンとマシュルームのパイを注文した。すかさずアルドが口を添えた。

「今日はマンマがヘーゼルナッツのチョコレートケーキをつくりました」

アラーナは顔を上げてほほ笑んだ。「じゃあ断れないわね」

ガイもうなずいた。「ぼくもだ、アルド」彼は朝の七時から何も食べていなかった。「パイと一緒に辛口の白ワインをグラスで、それからチョコレートケーキにはコーヒーをブラックで……きみはカプチーノがいいかな、アラーナ?」

「申し分ないわ」アラーナはため息をついた。おなかがすいているのに気づいただけでなく、食事の話をするだけでも元気がわくことがわかった。

「お孫さんから連絡はあるかい?」ガイが尋ねると、アルドの顔が愛情と誇りで輝いた。二十六歳のダニエーラ・アダーミはいまロンドンの有名なホテルで副料理長を務めている。一家はみんなすぐれた料理人だが、ダニエーラは若くして一流の料理人として名を成していた。

「ゆうべ電話をかけてきたばかりです」アルドは顔をほころばせた。「元気で楽しくやっていますよ。こちらに帰ってきたら、自分のレストランを開くでしょう。ヨーロッパに勉強にやりましたが、オーストラリアにはいろいろなものがある。すばらしいシェフ、すばらしいレストラン、すばらしい食材！」

ガイの指先にキスをする。「今度、あなたの農園のシェフたちにご挨拶《あいさつ》に行かなければ」

「土曜日の夜、奥さんといらっしゃいませんか？ぼくの大切な客として席を用意しておきますよ。そのうちダニエーラがワンガリー・バレーに新しい料理法を伝授してくれることになるかもしれない」

突然、アルドは聖職者が祝福を与えるように二人の上で手をかざした。イタリア語で歌うようにしゃべり続ける。

「ご老人を幸せな気分にしたのね」アルドがテーブルから離れるや、アラーナは言った。

「ぼくはここの家族が好きなんだ」ガイはあたりを見まわした。「ぜひこの町になじんでほしいね」

「もうなじんでいるわ」


三十分後、二人は駐車場へと歩いていった。

「気分はよくなったかい？」ガイが尋ねる。

「ええ、ずいぶん」アラーナは答えた。「サイモンの母親はどうしようもない人だわ。どうしてサイモンのような優しい息子ができたのかしら？」

ガイは肩をすくめた。「偉大なる謎《なぞ》だな」

「彼と結婚する人がかわいそう」アラーナはガイを見上げた。「わたしたち間違ったことをしたのかしら？　サイモンとローズの仲を取り持とうとして」

「ローズはレベッカを刺激するようなことは言わない。きみと違って。彼女は頭がからっぽに見えるけれど、実はそうじゃない」

「頭がからっぽですって？　あなたがそんなことを言うなんて信じられない」

「単に見かけだけのことさ。ついでに言えば、ローズは美人だが、きみと比べたら少しおもしろみに欠けると思われている」

「ひどいわ！　彼女に仕事を与えておきながら」

「ローズはきれいだし、親切だ。みんなに好かれている。そして、見かけ以上に頭がいいことを示す機会ができた。ぼくは彼女が好きだし、うまくやっていける。ぼくの意見にすぎないが」

アラーナはにやりとした。「あなたがわたしのことを本当はどう思っているか、わかったものじゃないわね」

ガイは彼女をちらりと見た。「ぼくは嘘《うそ》をつけない。ぼくの意見を聞けば、きみは喜ぶと思う」リモコンで車のロックを解く。「ちょっと乗ってくれないか」彼は助手席のドアに手をかけて言った。「話しておきたいことがある。時間はとらせない」

「なんだか意味ありげね」

「乗って」

「強引な人」アラーナはつぶやき、言われたとおりにした。

ガイが運転席に乗りこんだ。「まずきみの反応を知りたいんだ」アラーナに向けた彼の目が真剣な話だと物語っていた。「バレーの土地を買いたがっている者がいる。リンクという名で、家族はニューイングランドの旧家だ。ギルガラという有名な牧羊場を経営している」

「耳にしたことがあるわ」

「リンクとは高校も大学も一緒だった。彼には兄がいるので、自分の牧場が欲しいんだ。父親ともうまくいっていない。リンクならブライアーズ・リッジをいい値段で買ってくれると思う」

アラーナは膝の上にのせたハンドバッグを握りしめた。「先にそのリンクという人と話をしたの？」

「ぼくはきみと話をしているんだ。リンクはぼくの友人だ。彼が考えていることはわかる」

「姓はなんと言ったかしら？」

「リンク・マスターマンだ」ガイは穏やかな口調で

答えた。「本当の名はカール。母親の実家はヴィクトリア州の牧羊業者で、旧姓はバーバラ・リンカーン。どこかでカールがリンクになった」

アラーナはまっすぐ前方を見ていた。こんな話はしたくなかったものの、聞かなくてはならないとわかっている。牧場は売らないといけない。たとえ父のバイパス手術が成功したとしても、以前のような重労働をさせたくない。

「すまない、アラーナ」ガイは優しいまなざしを彼女に向けた。「きみがブライアーズ・リッジをどんなに愛しているかは知っている」

「馬はどうなるの？　犬たちは？」アラーナはガイのせいだとでも言うように、むきになって尋ねた。

「犬のことは心配いらない。ぼくが引き取ってもいい。それに馬はリンクが欲しがるだろう。もっとも、まだお父さんには話す時期ではないが。キーランには話したよ、もちろん」

「もちろんですって！　男同士で話を進めようという魂胆ね」

「そうじゃない」ガイは硬い声で否定した。「キーランは彼にふさわしい生活を送ってきたわけじゃない。彼は芸術家だ。彼もようやく、自分がとても優秀だと気づき始めた。生活が変わっても、キーランには大きな問題にはならないだろう」

たぶんそのとおりだ、とアラーナは思った。だが言いようのない喪失感を覚え、両手を頭に添えた。いまにも周囲がぐるぐるまわりだしそうだ。「わたしはどうなるの？」涙をこらえてきく。「わたしはここの生活が好きなの。都会には行きたくないし、オフィスで働くなんていやだわ」

ガイはアラーナのほうへ身を乗りだし、静かな声でなだめた。「落ち着いて。そんなことは言っていない。ひとつずつ片づけたらどうだろう？　まずお父さんの手術だ。それから回復のための時間をとる。

ぼくが話しているのは、その気になれば、買い手がいるということだ。少なくとも、そう思えば気が楽になる。売却は内密に行われる。ぼくにできることならなんでもするつもりだ」

ガイのあまりに優しく魅惑的な口調にアラーナは動揺した。「それで、あなたは何を得るの？」感情的な言葉を投げつける。

ガイの目が熱を帯びた。「きみだ」

「わたし？」

「そうだ。いま、ぼくたちは仕事の話から始めた。このまま続けよう」ガイはアラーナの手を取り、握りしめていたこぶしを開かせた。「ぼくはもう結婚していい時期だ。いろいろなことができる妻が欲しい。きみならぼくの期待に応《こた》えられる。ぼくの必要としているものを与えてくれる。それには子どもも入っている。ぼくはきみに、存分に活躍できる環境と安全を提供できる。きみが苦労する姿を見たくないんだ。いまはきみも若いから苦労と思わないかもしれない。だがこれから先、一週間に六日も働くのがいやになる。ぼくはきみの面倒を見たい。きみにぼくの面倒を見てほしい。そして二人でワンガリーの面倒を見よう。ぼくは美しいだけの妻ではなく、本当のパートナーが欲しい。なんでも話せる妻が欲しい。ときどきはぼくに逆らい、けんかをふっかけてもかまわない」

「わたしがそれを全部できると思っているの？」

「きみならできる」

「愛情はどうなの？」アラーナは語気鋭く問いただした。「ああ、ガイ……」うめくように言う。「愛情は欲しくないの？」

突然、ガイはアラーナのブロンドの髪を長い指ですくようにして、自分のほうに向けさせた。「きみがくれるものはすべて欲しい」

8

アレクサンドラの車が砂利を敷いた私道を走り去っていく。彼女はぼくに挨拶《あいさつ》をしようともしないのか？　キーランは失望した。彼女を求めれば求めるほど、うまくいかなくなる。二人のあいだに距離をおくことも考えた。だが、悔恨と悲しみと喪失感は消えることなく、二人はどうしても離れられない。情熱という地獄に閉じこめられていた。

　アレクサンドラは今夜の催しのためにアラーナにドレスを届けに来てくれた。バレーの誰もが参加するだろうが、ぼくは行かない。彼女がロジャー・ウエストコットと一緒にいるところを見るのは耐えがたい。セドニー・ラドクリフのこともある。セドニーと彼女の社交仲間は週末までワンガリーに滞在するだろう。彼女と顔を合わせるなどごめんだ。

　しかし、アラーナのことを考えたとたん、キーランの表情がやわらいだ。妹なら間違いなくネーミングで優勝する。だが会場には家族はひとりもいない。父のことが心配だった。手術が成功する確率は高いと皆が言う。だが、父は生きたいと思っているのだろうか？　もちろん誠実なサイモンはアラーナのパートナーとしてそばにいるだろう。ネーミングの会場で妹を見ることができないのはつらい。ネーミングへの参加を許されていないぼくの貴婦人は、ぼくがどんなに会いたがっているか知りながら、そそくさと去っていく。

　キーランは馬の腹を蹴《け》り、全速力で走らせた。

　キーランがものすごいスピードで坂を駆け下りてくる。あまりの速さに、ジャンプして車の屋根を飛び越すのではないかと思った。アレクサンドラはすばやく車を道路のわきへと寄せてエンジンを切り、助手席の窓を開けた。

キーランは一メートルほど離れたところで手綱を引き、下馬した。気持ちを落ち着かせようとしながら、手綱を木の低い枝につなぐ。

「降りろ」キーランのハンサムな顔には怒りが浮かんでいた。「降りるんだ、アレックス」

拒んでも無駄だと察し、アレクサンドラは車から降りた。うつむきかげんで、ほっそりした肩をかすかに落として彼の前に立った。

キーランはアレクサンドラを腕の中に引き寄せ、彼女の頭に顎をのせた。「ぼくに挨拶をするつもりはなかったのか？」

アレクサンドラは頭を後ろに引き、彼の顔を見つめた。「あなたのすることが理解できないときがあるわ」アレクサンドラの澄んだ黒い目に悲しみと苦痛が浮かんだ。

「過去を忘れるのがぼくにとって造作もないことだと思うのか？」キーランはアレクサンドラを強く抱きしめ、苦悶《くもん》にも似た表情で彼女を見つめた。「何度も忘れようとした。だが、良心がそうはさせてくれない。ぼくにわかっているのは、あんな仕打ちをされても、きみを際限なく求めてしまうということだ」

キーランは欲望に屈し、唇を重ねた。体がかっと熱くなる。アレクサンドラの応《こた》え方はあまりにも激しく、不安に駆られるほどだった。

「いつ会える？　どうやったら会える？」キーランは彼女の白い喉に親指を走らせた。「ずっときみと一緒にいたい」

アレクサンドラも興奮のあまり、すぐには口をきけなかった。「いまのままではどうにもならないわ。わたしたちはあまりにも人生を無駄にしてきた。一一緒にいてもだめ、離れていてもだめ。こんなことは終わりにしなければ」彼女は顔を上げた。「今夜、あなたは来ないってアラーナから聞いたわ」

キーランは手でアレクサンドラの胸のふくらみを覆った。「行って、遠くからきみを眺めるのか？　ウェストコットがきみに夢中になっているところを指をくわえて見ているのか？　結婚すると何度彼に言った？　きみはぼくを苦しめようとしているだけだ。のこのこ出向いてきみの母親とつき合わないといけないのか？」

アレクサンドラはうめいた。「キーラン、あなたはわたしたちにつらく当たりすぎるわ。母に厳しく当たらないで」

「きみのお母さんがぼくに厳しく当たったんだ。ぼくは邪悪な心を持った低所得者層の子どもだとね」

目が涙でちくちくした。セドニー・ラドクリフのことを考えると、闇《やみ》に包まれる思いがした。

「やめて、キーラン！」アレクサンドラは首を激しく振った。「あなたは母がわたしに中絶を強要したと思いこんでいる。でも、母は妊娠のことを知らなかった。あなたとわたしとドクター・モートン以外は誰も知らなかったのよ」

「都合のいいことに、ドクター・モートンはずいぶん前に亡くなっている」

「何度も言ったでしょう、ドクター・モートンは中絶に同意したりしないって。わたしたちはまだ子どもも同然だったけれど、わたしはあなたの子どもが欲しかった。少し助けを借りれば、なんとかやっていけたから。いまのままでは一緒にいても幸せになれない。離れていても幸せになれない。あなたを嫌いになりそう。あなたがわたしたち二人を罰しているのよ」

確かにそうだ。とキーランは眉を寄せた。「ぼくがしたくてそうしているのか？」再びアレクサンドラを引き寄せる。「これからもぼくは死んだ赤ん坊のことを気にかけて生きていくだろう。それがぼくなんだ。何年も悪夢に悩まされた。きみのおなかの中にいる子どもの絵まで描《か》いた。そうすることで子どもと通じ合えると思った。ぼくは思いやりのない男ではない。ありすぎるくらいだ。きみはぼくたちでなんとかできたと言う。しかし、きみの両親は決して許してくれなかっただろう。家名が傷つくことに我慢ならないからだ。ただひとりの美しい娘がつまらない男に妊娠させられた。きみのお母さんはそんなふうにぼくを見ていた」

「ばかばかしい」アレクサンドラは猛然と言い返したものの、母親についてはキーランの言うとおりだとわかっていた。「あなたは特別な人よ。ただ信じられないくらい頑固だわ。自分が信じたいことしか信じない」彼の胸をたたく。「何年もこうして言い争ってきたわ。どうして？　あなたはわたしが内緒で中絶したと非難してきた。真実は最初からあなたに話したとおりよ。中絶ではなく、流産したのよ」

キーランはアレクサンドラの腕をつかんだ。「頼むからやめてくれ。そんなことを言ってもなんの役にも立たない」

アレクサンドラの胸に痛みが走った。「ガイが知っていたとは思わないでしょう？」

「思わない」キーランは穏やかに言った。「ガイは大半の時間を大学で過ごしていた。知っていたら、妹の味方になっただろう」

「わたしたちの夢はどうなってしまったの？　あなたはわたしのことを嘘《うそ》つきだとなじる。でも、わたしなしでは生きられない。そして、わたしはあなたを愛している。ずっとあなただけを愛してきたわ。わたしは子どもが欲しい。あなたの子どもが欲しい。なのに、あなたはわたしを拒否している」

キーランの青い目が光った。「同じ子どもではないだろう？　ぼくたちはひとつの命を葬ったんだ」

アレクサンドラは思わず彼の頬をたたいた。「やめて、キーラン！　やめて！　もう苦痛とはさよならしたい。悪夢を終わりにしたい。誰かに無条件に愛され、優しい母親になりたいのよ」彼女は体をひねってキーランから離れ、車に乗りこんだ。

キーランは自責の念を覚えた。「アレックス、行かないでくれ」ドアをつかむ。

「もう行かないと。車から離れて」アレクサンドラはきっぱりと言った。「わたしを行かせてくれないかぎり、あなたもわたしも一歩も進めないわ」

「もう遅すぎる。きみはぼくの人生なんだ」キーランはアレクサンドラを見つめた。「きみを忘れようと、地球の裏側まで行った。だが、きみを忘れられるほど世界は広くない」

キーランはゆっくりとドアを閉めた。アレクサンドラがエンジンをかける。車は一度バックしてから、走り去った。彼女は泣いていた。

キーランは自分の激しい息遣いを聞いた。泣いてはいけない。アレクサンドラは決して嘘はつかないが、この件だけは嘘をついた。彼女が中絶したことは知っている。だが、その情報源を彼女に明かしたことはない。何度か口に出しそうになったが、決して言わないとアレクサンドラの母に誓ったのだ。アレクサンドラはひとりで自分の悲しみと向き合わなければならない。彼女が自ら決めたことだ。

娘がひとりで決断したのだ、とセドニー・ラドクリフは悲しみにむせび泣きながら話した。

〝孫を失うのは悲しくて残酷なことよ。わたしも苦しんだ。娘を誘惑した男性にもそのことを知ってほしい。あなたは事実を受け入れ、娘と別れるべきよ。わたしの大切な娘を傷つけたのだから〟

その日から、セドニーは彼を目の敵にした。

父の前でアラーナがくるりとまわってみせると、アラン・キャラハンの顔は父親らしい愛情で輝いた。透きとおるような金色のドレスを着た娘はたとえようもなく美しい。母親と同じく、バレー一の美人に選ばれるのは間違いない。娘の晴れ姿を見て、アランは立ち直るために最善を尽くそうと心に決めた。いまこそ絶望の淵《ふち》から這《は》いあがるときだ。手術もうまくいくと言われた。ブライアーズ・リッジは売却しなければいけないが、そのほうがいいのかもしれない。ここには思い出がありすぎる。

できるかぎり支援するとガイは請け合ってくれた。なんという寛大な男だろう。わたしが彼の父からアナベル・デンビーを奪ったことを知っているのに。アランとデイヴィッド・ラドクリフにはひとつだけ共通点があった。二人ともアナベルに夢中だった。デイヴィッドとアナベルのあいだに亀裂《きれつ》ができたのもそのせいだ。アランはその機会を待っていた。デイヴィッドは嫉妬《しっと》したが、それを表に出すことはなかった。プライドの高いデイヴィッドはアナベルから長いあいだ身を遠ざけた。気性の激しいアナベルは慰めを求め、アラン・キャラハンがそれを与えた。そして、最後にはアナベルを我がものにした。あの夜の秘め事は互いの合意のうえだった。当時のアランはハンサムで、二人はまだ若く、官能の世界にのめりこんだ。その結果、アナベルはキーランを身ごもった。

アラーナが腕を広げて踊っている。母親にそっくりだ。アランは思わず妻の名をささやいた。「アナベル！」

「わたしよ、お父さん」アラーナはまわるのをやめ、肘掛け椅子に座っている父親のそばに行った。父の顔は誇らしげに輝いている。アラーナは愛情をこめてキスをした。「どう思う？　優勝候補かしら？」

冗談を言ったものの、気乗りがしなかった。キーランが家にいてくれるから心配無用だが、それでも不安を追い払えないでいた。

「間違いなく優勝だ」父は親指を立てた。

「パーティの華だ！」キーランも絶賛した。「すてきだよ。すばらしいドレスだな。おまえにぴったりだ」

「アレックスにお礼を言わないと」アラーナは兄に向かってほほ笑んだ。兄も同じように不安を抱えているのがわかる。「彼女のセンスはすばらしいわ」

「確かに」キーランは小さく肩をすくめた。「値段はあえてきかないが」

アラーナは顔をしかめた。「アレックスが言った値段は本当じゃないと思う」

キーランは目をそらした。二度ほど受話器を取ったが、アレクサンドラに電話をする決心はつかなかった。彼女と二人きりになれる場所はシドニーだけだ。何年ものあいだ、彼はアレクサンドラを苦しめてきた。失った子どもの魂を自由にしなければ、彼女を破滅させてしまうとキーランにはわかっていた。そして彼自身も。父と同じようにぼくも変わらないといけない、とキーランは思った。


アラーナは人目を意識しながらサイモンのエスコートで豪華なレストランの中へ入っていった。決められたテーブルへと進んでいくと、みんなが彼女を見てほほ笑んだ。

「ほらね、きみが優勝だ！」サイモンは誇らしげに言った。

亡くなった母の友人だった女性がアラーナの手をつかんでささやいた。「期待しているわ、ラナ」

この場にアナベルがいたらどんなに喜んだか。口には出さないが、そう思っていることは明らかだ。

アラーナはサイモンが引いてくれた椅子に優雅なしぐさで腰を下ろした。審査員用のメインテーブルは別として、たいていのテーブルは十人が座れるようになっていた。床まで届くテーブルクロス、ナプキン、椅子のクッションが、テーブルごとに交互に淡い黄色とピンク色で統一されている。テーブルの中央にあるガラスの鉢には黄色とピンクのみごとな薔薇《ばら》が生けられ、その両わきに白い蝋燭《ろうそく》が置かれていた。今夜の特別な催しのために、広々とした部屋は何もかも華やかにしつらえられていた。

ローズが到着した。青紫色のドレスを着た彼女はとても美しく、人々の目を引きつけた。彼女はにこにこと先客に挨拶をしながら名札に目をやった。

「まあ……あなたの隣だわ、サイモン」

ローズは驚きの声をあげた。むろん、周到に計画されたことだった。

「ラナ！　なんてセクシーなのかしら。女優みたいだわ」ローズは感嘆の声をあげた。「そのドレス、どこで買ったの？　ヴァイオレットが真っ青になるわ」

アラーナはほほ笑んだ。「ごめんなさい、それは秘密なの」

「わたしも欲しいわ」目の肥えたローズは、きらきら輝くシルクのオーガンザを使ったストラップレスのドレスをしげしげと眺めた。「あなたが優勝よ」

アラーナは笑いをこらえた。「生き死にの問題じゃないのよ、ローズ」

「ヴァイオレットにとってはそうなの！」ローズは手で口もとを隠してささやいた。

そのとき、みんなが振り返った。メインテーブルについていたアレクサンドラが立ちあがり、挨拶をしにやってきたのだ。襟が大きく開いた白いドレスに、耳には大きな真珠のイヤリング、ホワイトゴールドの鎖にやはり大粒の真珠がついたネックレスをしている。比類のない美しさだ。彼女はテーブルの全員に挨拶をし、楽しげに言葉を交わした。そして最後にアラーナに話しかけた。

「すばらしいわ！」

「あなたもよ、アレックス。いろいろ助けてくれてありがとう」アラーナは心から礼を述べた。アレクサンドラは金色のイヴニングバッグと、トパーズとダイヤモンドのイヤリングまで貸してくれたのだ。

アレクサンドラは豊かな黒い髪をオーソドックスなシニョンに結った頭を下げた。「キーランはお父さまと留守番かしら？」

「ええ。わたしが心配するのを知っているから」アラーナは説明した。

「そうね」アレクサンドラはアラーナの肩にそっと触れた。「あなたがどんなにすてきか言いたかっただけなの。もうお客さまのところに戻らないと」

「お母さまもいらっしゃっているのね」アラーナはメインテーブルに目をやった。二十人が座れるように用意されたテーブルに、紺色のドレス姿の若々しいセドニー・ラドクリフがいた。同じテーブルには自慢の息子と、シドニー在住の彼女の友人たち、それに数人のＶＩＰと三人の審査員たちがいる。

「こういう場には来たがるのよ」アレクサンドラは苦笑した。「では、幸運を。優勝間違いなしよ」アラーナの耳もとにささやく。「では、あとで」

メインテーブルに戻るアレクサンドラを見ているのはアラーナひとりではなかった。

不意にサイモンの声が耳に届いた。

「やめてくれないか、ローズ」

サイモンは赤面している。

「いいえ、本当よ！」ローズは真剣な口調で返した。

「どうしたの？」アラーナは口を挟んだ。

「とてもハンサムだって言っただけよ。まるでわたしが誘いかけているように思われるじゃないの」

「本当よ、サイモン」アラーナは軽くたしなめた。

「とてもすてきよ」そう言ってからアラーナはサリ

ーとグレッグに注意を向け、結婚式の日どりは決まったのかと尋ねた。ローズと二人で花嫁付添人を務めることになっている。

「婚約してもう半年よ」ローズが言った。「そろそろ結婚しなくちゃ。ドレスを選ぶのが楽しみだわ」

すばらしい料理が振る舞われた。しかし、アラーナは食欲がわかなかった。朝からほとんど食べていないにもかかわらず。痛いほどの不安が心に重くのしかかっていた。

「少しも食べていないじゃないか」サイモンが心配そうに言った。「デザートだけでも食べたらいい。とてもおいしいよ」

確かにおいしそうだった。ヘーゼルナッツのショートブレッドの上にいちごをのせ、シャンパンのサバイヨンをたっぷりかけてある。鮮やかなストロベリー・ソースが芸術的に皿に散らされ、ミントの葉が添えられていた。

アラーナはスプーンを取りながら、にらみつけるような視線をこちらに向けているヴァイオレットを見やった。驚いたことにヴァイオレットはメインテーブルではなく、そこから少し離れたテーブルで友人や家族と一緒に座っていた。銅青色のドレスは、身ごろがシンプルな分、ゆったりしたスカートの縁飾りが目立つ。背中は大きくくれ、なめらかな肌があらわになっていた。身ごろの片側にはダイヤモンドの大きなサンバースト・ブローチが留めてある。ヴァイオレットは美しく、洗練されていた。しかめっ面をやめてほほ笑んだら、どんなにすてきか！

アラーナは、できるならヴァイオレットに花を持たせたかった。栄誉が欲しくてたまらないのだから。

デザートがすむと、ダンスが始まる。そのため、みんなは慌ただしく動き始めた。ローズとサリーは一緒に化粧室に行った。アラーナは席についたまま、口紅だけ直した。サイモンが崇拝するようにその姿を見つめている。

「いいかしら?」アラーナは少し唇を突きだしてサイモンにきいた。彼に対する愛情がロマンチックなものではないことを、どうやったらわかってもらえるかしら? サイモンをみじめな気持ちにさせたくないが、アラーナ自身、難しい段階を迎えていた。しばらくはローズにサイモンとの関係を育《はぐく》んでもらわなければならない。

「完璧《かんぺき》だ」サイモンは笑い、美しい唇を見つめた。片方の手はアラーナの手の上に置かれている。「きみはすばらしすぎて、ダンスを申しこむのもはばかられる。きみの足を踏みたくないからね」

「あなたが踊りたくなければ、ここに座っていてもいいのよ」

サイモンがアラーナの後ろに視線を向け、ほほ笑んだ。「きみはついている。ガイがやってきた。どうやらきみの気持ちを変えるつもりらしい。二人のダンスは見るに値するからね」

アラーナが振り返ると、ガイがやってくるのが見えた。誰でも夢中にさせてしまうほどすてきだった。数日前のプロポーズは夢だったのかしら? 夢でなければ、どう返事をすればいいのだろう?

〝あなたのことは心から愛している。でも、結婚はできないの〟

ガイはひと言も愛しているとは言わなかった。その代わり、真剣な提案をした。いわば取り引きだ。結局のところ、ガイは卓越したビジネスマンなのだ。彼がわたしを求めていることはわかった。あのキスは嘘ではない。いずれわたしを愛するようになると思っているのだろうか? それとも激しすぎる愛情は人生を破滅に導くと思っているの?

子どものころからガイ・ラドクリフを知っている。十年前は彼を崇拝していた。十六歳になるころには、思春期特有の熱い片思いに苦しんだ。十九歳のころ、その反動で、彼をからかいの対象にした。いまその彼に結婚を申しこまれ、返事を迫られている。

ガイが近づいてくると、脈が速くなった。彼がテーブルの近くを通るたび、挨拶をしようとあちこちから声がかかる。

「すばらしい夜だね、ガイ」サイモンがいつもの尊敬に満ちた口調で言った。「みんな楽しんでいる」

「そのようだ」ガイは答え、アラーナの椅子に手をかけた。「アラーナ、ぼくはきみの背中に話しかけないといけないのかな?」

「そんなことないわ」アラーナはゆっくりと振り向いた。二人の目が合う。

「息が止まりそうだ」ガイが言った。

サイモンの笑みが硬くなった。ガイとアラーナは熱いまなざしで見つめ合っている。二人のことを知らない者は、互いに魅せられていると信じるだろう。

どういうことだ? サイモンはいぶかった。まるで二人には暗黙の了解があるように見える。そんなはずはない……。

アラーナは無言で立ちあがり、差しだされたガイの手に自分の手をゆだねた。

サイモンはテーブルから離れていく二人の後ろ姿を見ていた。これは危惧《きぐ》すべき事態だろうか?

ほとんど聞こえないほどの小さな声でローズがサイモンの耳もとにささやいた。「ガイはラナに目を留めていたのね」

「ガイが?」サイモンがかすれた声できいた。

「そうよ」ローズはアラーナの椅子に腰を下ろした。

「まさか!」サイモンは激しく首を振った。「ぼくはラナを愛しているんだ」

「ええ、わかるわ」ローズはなだめた。「あなたとラナは子どものときから親友だったもの。でも、ラナは大人になり、自分の心に従うと決めたの」

「自分の心?」サイモンは繰り返した。「きみは間違っている」

「わたしを信じて」ローズはサイモンの頬を優しくたたいた。「見てごらんなさい。二人はただ踊っているだけ? それとも、愛し合っているように見える? ここでふさぎこんでいてもしかたがないわ」彼女はサイモンの手をつかんだ。「いらっしゃい、タンゴを教えてあげる」

ガイとアラーナが優雅に踊るのを見ているのはサイモンだけではなかった。

「いったいどうなっているの?」セドニー・ラドクリフは娘にきいた。

「不満なの?」アレクサンドラはきき返した。母が二人が仲よく踊る姿を不快に思っているのは誰の目にも明らかだった。

「もちろんよ」セドニーは落胆を隠そうともしなかった。

「兄さんにこれ以上の選択ができるとはとても思えないわ」アレクサンドラは事の成り行きに少しも驚いていなかった。

「あなたはできたでしょう?」セドニーは刺すような視線を娘に向けた。「アラーナのお兄さんに人生を台なしにされて。あなたは美しいのに、四十歳になっても未婚のままのような気がするわ」母親の顔に悪意が浮かんだ。

アレクサンドラも同じことを考えていたが、あえて同意はしなかった。「四十歳は年寄りでもないし、醜くもないわ。ラナとキーランが嫌いなのね?」

「当然でしょう」セドニーは吐き捨てるように言った。「二人はアナベルの子どもよ。あなたの亡くなったお父さんはわたしと結婚したけれど、わたしは第二希望だったの。お父さんの意中の人はアナベルだった」

「かわいそうなお母さん」母親の苦痛と怒りを感じ取り、アレクサンドラは同情した。「けれど、お父さんはお母さんを愛していたし、誠実だった。お父さんは結婚の誓いを汚したりする人じゃなかった」

セドニーの目に涙が光った。「わかっているわ。ありがとう、アレックス。でも、アラン・キャラハンがどんな人間かはみんな知っているわ」

「重病人よ」アレクサンドラは言った。「なぜか手術を切り抜けられない気がするの」

「それがいちばんいいのよ」セドニーは眉を寄せて言葉を継いだ。「ロジャーはいつまでも待ってくれないわよ、アレックス。あの女たらしのことで人生を無駄にしてはだめ。彼に強く惹《ひ》かれているのは知っているけれど、単に性的な面でよ」

「たいていはそうじゃないかしら？」アレクサンドラは、情熱の赴くままに踊るアラーナとガイを目で追った。

「少なくとも二度と彼の子どもは身ごもらないことね」セドニーはいまだに怒りを抑えることができなかった。美しい十代の娘のために考えていた最高の人生をつまらない若者に台なしにされてしまったのだ。セドニーはキーランを憎んでいた。だが、それはお互いさまだった。彼のほうも、セドニーに無理やり引き離されたと思っていた。

アレクサンドラはまた苦しげな表情を浮かべて言った。「お母さんはいつもキーランを非難するけれど、わたしたちは合意のうえで愛し合ったのよ。時期を考えると、賢明な行動ではなかったかもしれないけれど、お互い夢中だったわ」

セドニーの目に軽蔑《けいべつ》の光が宿った。「あなたがそんなに弱い人間だとは思いもしなかったわ。あなたと結婚するかどうか彼に尋ねてみたら？　彼は絶対にイエスと言わないでしょうよ」セドニーはぞっとするような笑みを浮かべた。

アレクサンドラは頬を打たれたように感じた。母親の表情に息がつまった。「そんな！」

母親はまばたきひとつしなかった。

「なんてわたしは愚かだったのかしら！　お母さんの言葉を真に受けていたなんて」アレクサンドラはショックを受けた。ついに母親の化けの皮がはがれたのだ。雷鳴のような音をたてて。

自信過剰とも言えるセドニーでさえ、感じるものがあったらしく、珍しく狼狽《ろうばい》した。「なんのこと？　何を言っているの？」

「お母さんが見知らぬ人に見えるわ」アレクサンドラはつらそうに言った。「わたしはキーランに本当のことを話したけれど、お母さんは違うことを話したのね」

セドニーは大きく息を吐いた。「わたしが彼に何を話したというの？」

アレクサンドラは悪夢から目覚めたような気分だった。「わたしの母親だからキーランは信じた。お母さんは中絶の話をでっちあげ、たぐいまれな説得力で彼に信じこませたのね。それがどれほどの苦しみをもたらすか知っていながら。生まれたときからお母さんを信頼していたのに。あなたはキーランをだまし、そのうえ、秘密を守るよう彼に誓わせたのね？　ああ、ひどいわ、お母さん！　なんてことをしてくれたの？」アレクサンドラは手を上げ、口を開いた母親を遮った。「否定しないで。顔に書いてあるわ」

セドニーは気持ちを落ち着かせようとした。「いまはこんな話をするときじゃないわ」とげとげしい口調で言う。「あなたのためを思ってしたの。キャラハン家の人たちは危険よ。ガイがあの娘と深い仲になっているとしたら、とんでもない間違いを犯す羽目になるわ。うまくいくはずがない……あなたたちの胸の悪くなるような関係よりもね」

腰を浮かせた母親の腕をつかみ、アレクサンドラは椅子に引き戻した。「胸の悪くなるような関係ですって？」アレクサンドラは低い声で問いただした。「何度もそう言ったわね。でも、なんとかしてお母さんの考えをわかろうとしてきたわ。心から信頼していたから。わたしを愛してくれていると思っていたから」

「愛しているわ、アレックス」セドニーは娘をなだめた。「すべてあなたのためを思ってしたことよ。もうやめましょう。人に気づかれるわ」

アレクサンドラは母の腕をそっと放した。「今夜、はっきりとわかったわ。突然、わたしの人生に光が差しこんできた。お母さんは長いあいだ秘密を守ってきたけれど、ガイとアラーナが一緒にいるところを見て、思わず本性を現してしまった。もう少しでわたしとキーランとの関係を壊せるところだったのに。ロジャーを義理の息子にすることはあきらめるのね。彼には無駄な望みだと言ってあるわ。わたしはキーランを愛しているの。これからもずっと」

「母親というのはどんな手段を使っても我が子を守ろうとするものよ」セドニーは言い、奇妙な笑い声をあげた。

「でも、あなたの心は鉛のようだわ」アレクサンドラの声には計り知れない悲しみがあった。

二人のあいだに割って入ろうとする者はいなかった。ガイ・ラドクリフの腕に抱かれたアラーナに大勢の目が釘《くぎ》づけになっていた。二人のダンスのみごとさだけでなく、しぐさや表情が人々の視線をとらえて放さなかった。

ヴァイオレットの母が娘に近づき、皮肉なまなざしを向けた。「ガイが彼女の何を見ているのかわからないわ。外見ではなさそうね」

テーブルからさっと立ちあがるや、ヴァイオレットはドアに向かって走った。

アラーナはガイの〝恋人〟として見られていることを強く意識した。二人ともほとんど言葉を交わさなかった。ほほ笑みもしない。それでも、アラーナは彼への愛がますます強くなるのを感じていた。かつてガイの腕に抱かれてダンスをするところをよく想像したが、実際に体験してみて、それがめくるめく行為だと知った。

これまでもよく踊りに行ったし、何人もの男性からダンスを申しこまれもした。だが相手のことはほとんど覚えていない。それでも、ガイとの違いは歴然としていた。彼の優雅さやリズム感のせいだけではない。まるで踊りながら愛し合っているように感じた。アラーナが顔を上げれば、ガイも顔を下げ、いまにも唇が触れ合わんばかりだ。

「いますぐほかの場所に行けたらどんなにいいか」ガイは情熱的なまなざしを彼女に注いだ。「愛し合いたい」彼はすっかり原始的な衝動にとらわれていた。「もう待てない」

そのとたん、背筋に震えが走り、アラーナは思わずまぶたを閉じた。彼の腕に抱かれていなかったら、その場にくずおれていただろう。アラーナも待ちたくなかった。彼のベッドへ連れていってほしかった。いつでも彼の欲求に応じられるよう避妊もしている。ガイと愛し合うのだと覚悟を決めていた。

二人はじっと立っていた。いつの間にか音楽が終わっていた。ガイの温かな手がアラーナの背中をかすめる。たちまち彼女の胸の頂は硬くなり、シルクのオーガンザから透けて見えそうなほどだ。ガイに対する圧倒的な思いにめまいがしそうだった。

「現実に戻る時間だ」ガイがからかうようにささやいた。「ぼくたちにはいつでも明日がある。そしてまた次の日が」彼は悲しげにほほ笑み、アラーナをテーブルまで送った。

二十分後、広い部屋の照明が落とされ、あたりが静まり返るなか、ガイが壇上にのぼった。スポットライトが彼の姿を照らす。ガイは手に持ったカードにちらりと目をやり、出席者にすばらしい笑みを向けた。やはりガイ・ラドクリフは並みの人間ではない。谷の領主《ロード・オブ・バレー》なのだ。

「さて、みなさん、審査員に代わり〝ワンガリー・バレーで最も美しい女性〟のタイトルを獲得した女性を発表いたします」

ガイが言葉を切るや、スポットライトがアラーナたちのテーブルへと飛んだ。アラーナのほかにローズとサリーとルイーズも応募している。三人とも美しく、魅力的だ。ガイが腕を伸ばすと、ファンファーレに続いて、太鼓が鳴り響いた。

「優勝者は……」昔ながらのやり方どおり、ガイはひと呼吸おいた。「ミス・アラーナ・キャラハン」

その声はいかにも満足げだった。

何人かの女性の口から失望のため息がもれた。ヴァイオレット・デンビーはあからさまに悪態をつき、周囲の人たちの顰蹙《ひんしゅく》を買った。

「アラーナ、演壇までおいで願えますか？」ガイが壇上から呼びかけた。

サイモンはアラーナに手を貸して立たせ、彼女の頬にキスをした。「おめでとう、ラナ！」

ローズ、サリー、ルイーズも次々とキスをした。

「ナパ・バレーに行くときは友人を連れていくことになっているでしょう」ローズが言った。「わたしを忘れないでね」

拍手と喝采《かっさい》がわき起こった。

「さあ、行って！」ローズは棒立ち状態のアラーナの背中を軽く押した。「息を吸って、吐いて」

アラーナがテーブルのあいだを縫って演壇へ歩きだすと、歓声が会場を満たした。

「ブラボー、アラーナ。よくやったわ」亡き母親の友人のヘレンが優しく抱きしめた。

アラーナの胸にこみあげるものがあった。

ヴァイオレットのテーブルを通りかかったとき、いとこが舌を突きだすのではないかと思ったが、彼女は〝おめでとう！〟と怒鳴るように言って、アラーナを驚かせた。

アラーナは導きの星を見つめるようにガイにずっと目を向けていた。

彼女を待ち受けたガイは目を見交わしながらアラーナの手を取り、口に持っていった。「おめでとう、アラーナ」ガイは頭を下げ、彼女の頰にキスをした。

すばらしいと誰もが思い、大半の人が立ちあがった。拍手が大きくなると、座っていた人たちも立ちあがった。バレーにとってはすばらしい祭典だった。実り多い年になるだろう。

葡萄《ぶどう》の実を表すガーネットをちりばめた金色の王冠をガイが高く掲げた。静まり返るなか、ガイはアラーナの頭に王冠をのせた。

賞賛や喜びの声があがり、再び拍手喝采が巻き起こった。アラーナの美しさは輝かんばかりだ。

みんなが見ることができるようアラーナは少し歩いてみせた。

拍手が大きくなる。これほど人々に受け入れられた勝者はいまだかつていなかった。歓声と笑い声がいつしか〝スピーチを〟の連呼に変わった。

アラーナはガイのところに戻り、彼の耳もとにささやいた。「スピーチの用意はしていないわ」

「いま、きみが思っていることを話せばいい」ガイは小声で応じた。

アラーナのスピーチは母親への思いに始まり、母親への感謝で締めくくられた。短いものだったが、人々を感動の渦に巻きこんだ。

スピーチが終わるや、アナベル・キャラハン、旧姓アナベル・デンビーを知る多くの人たちがそっと目をぬぐった。信じられないことに、チャールズ・デンビーもそのひとりだった。

アラーナが帰宅したとき、父は眠っていた。父の様子を見てからそっとドアを閉め、キーランの待つ居間に戻る。アラーナは兄に今夜の出来事を話して聞かせた。キーランは妹の優勝を誇らしく思い、心から祝福した。

「チャールズおじさんがわざわざおめでとうを言いに来てくれたわ」

「驚きだな。おじさんにとっては一大決心だったに違いない」キーランは笑った。「アレックスはどうだった?」顔をそむけ、さりげなく明かりを落とす。

「実にきれいだったわ」アラーナはうっとりとため息をついた。「でも、なぜか悲しげで、オペラのヒロインのようだった。あの大きな黒い目に悲しみが浮かんでいたの。真珠をあしらった白いドレスを着ていたわ。お父さんは何時に寝たの?」

「おまえが電話をかけてきてまもなくだ。父さんにとってもすばらしい夜だった。それまではテレビでサッカーを見ていたが、バディを家に呼んで、おまえが優勝したとわざわざ伝えたんだ。バディが踊りだすのを見て、父さんはうれし泣きをした。最近はずいぶん心が安らいだようだ」

「そうね。よかった」アラーナはほっとした。

翌朝の八時ごろ、アラーナはトレイを手に父親の寝室へ行った。トレイには搾りたてのオレンジジュースとパパイヤに、半熟卵が二個、全粒のトースト、それにトーストに塗るベジマイトがのっている。

〝さあ、起きて〟と声をかけようとして、アラーナは父がベッドにいないことに気づいた。バスルームにもいない。アラーナの心臓が早鐘を打ちだした。

彼女はトレイを持ったまま部屋を出て、主寝室の前で足を止めた。ドアがかすかに開いている。トレイの端でドアを押して中に入った。

父は両手を胸の上で組み、目を閉じて、穏やかな顔で寝ていた。キルトをめくらずにその上で仰向けに横たわっている。母のお手製のキルトだ。

アラーナの心臓が凍りついた。「お父さん？」

返事がない。アラーナは悟った。背中に大きな翼を生やした天使がやってきたのだ。父は恐怖を覚えることなく天に召されたに違いない。

兄の名前を呼んだ気もするが、定かでなかった。兄にはそばにいてほしい。手が震えだし、トレイがかたかたと音をたてた。けれど、そんなことはどうでもいい。

「ラナ？」

どこからかキーランの声が聞こえた。早朝の作業から家に戻ってきたのだ。

あとでキーランが話したことだが、太陽が照っているのにひどい寒気を覚えたので、仕事の途中で戻ってきたという。

キーランは主寝室に入るなり、おぼつかない妹の手からトレイを取り、テーブルの上に置いた。

「お父さんが起きないの」

キーランの耳には子どものころのアラーナの声に聞こえ、妹がショック状態に陥っているとわかった。彼が腕をまわすと、アラーナは必死にしがみついてきた。

「ラナ、これで父さんは二度と不幸にならない」キーランは妹を慰めた。「母さんが死んだとき、父さんの人生も終わったんだ」

アラーナは泣き崩れた。

9

葬儀の日はむっとするほど暑かったが、暑さの峠は越えたことをバレーの人たちは知っていた。ミサも墓地での儀式もブレナン神父が執り行った。バレーの大半の人が参列してくれた。

教会を満たしていた人たちが墓地へと出てきた。墓地にはアカシヤの黄色い花がいまを盛りと咲いている。

デンビー家の人たちも参列していた。チャールズ・デンビーは家族を連れ、キーランとアラーナの後ろの会衆席に座っていた。ほどなく、遺族への参列者の挨拶《あいさつ》が始まると、チャールズは小さな声で心のこもった悔やみを述べた。

「驚いたな」キーランは妹にささやいた。

ガイの番が来た。感情を抑えてはいたが、思いやりと励ましに満ちた声だった。

あなたの声を聞いただけで胸がときめいてしまう、とアラーナは思った。涙はひとりのときに流し、葬儀のあいだは気持ちを強く持とうと決めていた。

ほかの参列者が続いた。母の友だちのヘレンが悔やみを言った。ヘレンの次にアラーナの前に立ったサイモンは彼女の手をぎゅっと握った。

恋人同士にはなれなくても、二人はこれからもずっと友だちなのだ、とサイモンは自分を慰めた。ネーミングの夜に彼は考えを改め、ローズのことを考え始めていた。

墓地で儀式が行われていたとき、突然キーラン・キャラハンがアレクサンドラ・ラドクリフの手を取り、会葬者の注意を引いた。アレクサンドラが彼のそばに優しく寄り添ったので、さらにみんなの注目が集まった。キーランとアレクサンドラがいまだにいい友だちだとは、さらにはっきり言えば、これほど親密だとは誰も思っていなかった。

「キーランの〝謎《なぞ》の女性〟が誰か探る必要がなくなったな」ガイは自分の車へとアラーナを導きながらつぶやいた。

アラーナも葬儀の最中に気づいた。兄とアレクサンドラは一緒に帰った。兄は片時も放すことができないとでもいうようにアレクサンドラのほっそりした肩を抱いていた。

どうにかアラーナは葬儀のあとの接待を終えた。今度もガイが食事や飲み物の手配を助けてくれた。ブライアーズ・リッジの家に集まってくれた人たちのほとんどは、アラーナとキーランが子どものころから知っている心優しい人たちだった。

サイモンの母、レベッカはほほ笑みを見せてみんなを驚かせた。アラーナの手を取り、誰かと話がしたくなったらいらっしゃい、すぐ近くにいるのだから、と言った。アラーナの人生の中でガイの存在が決定的になったことで、息子が解放されたと安心したに違いない。

さらに驚かされたのは、チャールズ・デンビーが〝牧場を続けるために資金を貸してもいい〟とアラーナとキーランに申し出たことだった。

「きみには充分なことをしてあげなかったからね、アラーナ」罪悪感をいだいているような口ぶりだった。「きみのお母さん、わたしのただひとりの妹が大好きだった。きみは妹にそっくりだ」

「大好きだったたって？」

キーランは腹立たしげに言ったが、妹の疲れきった顔を見てそれ以上は胸に留めおいた。

ようやく最後の会葬者が帰っていくと、キーランは吐き捨てるようにつぶやいた。「みんな、偽善者だ」彼の苦渋に満ちた顔はこれ以上耐えられないと物語っていた。

ガイとアレクサンドラは居間で静かに座っていた。

「ぼくはアラーナを家に連れて帰るよ、キーラン」ガイが言った。「よかったらきみも来ないか」ガイは本気で言ったが、キーランがアレクサンドラとシドニーに行くつもりでいることはわかっていた。

アレクサンドラが代わりに答えた。「キーランはわたしと一緒にシドニーに戻るわ」穏やかな口調で言う。「心静かに悲しみをやり過ごすときだとわかっているけれど、いま国際的な画商がシドニーに来ているの。キーランを彼に引き合わせ、作品を見てもらうつもりよ」

「画商をここに連れてくるというの？」アラーナは驚いて尋ねた。

アレクサンドラは頬を真っ赤に染め、首を横に振った。「わたしのアパートメントにキーランのすばらしい作品がいくつか置いてあるの」

「まあ」アラーナは自分のうかつさにほぞを噛《か》んだ。どうしてわからなかったのかしら？

「やれやれ」アレクサンドラとキーランが出ていくと、ガイはため息をついた。

「キーランはいつだって女の子に追いかけられていたわ」アラーナが言った。「どうして誰とも長く続かないのかと不思議に思っていたの」

「アレックスも同じだ」ガイは言った。「体面をかなぐり捨てたときの二人を見ただろう？　二人はずっと愛し合っていたんだ」

アラーナはガイを見つめた。彼がいなければ、この苦難の日々を乗りきることはできなかったに違いない。「アレックスはいつも悲しい秘密を抱えているように見えたわ」

「どんな秘密だい？」ガイは眉を寄せた。アラーナのそばに座り、その手を取る。

「わたしにはわからないわ。あなたは彼女のお兄さんでしょう。心当たりはないの？」アラーナは涙が出そうになった。

ガイは彼女の頭を肩に引き寄せた。「ぼくに言えるのは、キーランはアレックスの初恋の人だったということくらいだ。十代のころ、二人はいつも一緒だった」

「でも、やがて二人は別れ、アレックスはシドニーに行ってしまった。キーランがアレックスのことを手の届かない存在だとあきらめたのかと思ったわ」

「きみも、ぼくのことを手の届かない存在だと思っているのか？」ガイはアラーナを見つめた。

「わたしで間に合わせようとしたのかと思ったわ」

ガイは立ちあがり、アラーナを抱きしめた。「きみは疲れている。ぼくの家に連れていく」

キーランとアレクサンドラは悲しみに追われるかのようにワンガリー・バレーをあとにした。キーランは彼女の車を思いきり飛ばした。

アレクサンドラには彼の苦痛と悲しみが痛いほどわかっていた。シドニー郊外に近づくと、キーランはようやく車の速度を落とした。アレクサンドラはほっとため息をもらした。それでも車は何度も車線を変更しながら、記録的な速さで彼女のアパートメントの地下駐車場に着いた。

家の中に入ると、キーランはジャケットを脱ぎ、気持ちを落ち着かせようと試みた。美しいアレクサンドラを抱き、ベッドに倒れこみたかった。過去に何があったにせよ、いまはどうでもよかった。アレクサンドラを失ったら、自分は地球上でいちばん孤独な男になると自覚していた。ぼくは彼女を心から愛している。これからもずっと愛し続けるだろう。

「ああ、ぼくはめちゃくちゃだ」キーランは大きな声を出した。「まったくどうしようもない」彼は豊かな黒髪を手ですいた。自分の心境と態度の変化を強く意識していた。

「当然でしょう？」アレクサンドラは穏やかに言い、黒いジャケットを脱いだ。「大変な一日だったんだもの」

「きみがいなかったら、乗りきれなかった」キーランはそう言いながら、酒のボトルが並ぶ戸棚へと歩いた。「同じことがラナとガイにも言える。ラナにとってガイがだいじな存在であることは知っていた。ラナは隠そうとしていたが、彼を愛している」

「うれしくないの？」アレクサンドラはキーランの燃えるような青い目をのぞきこんだ。

「うれしいとも。ガイは世界一の男だ。それに比べ、ぼくは独りよがりのどうしようもない男だ！　何を飲む、アレックス？」キーランは振り返った。ああ、なんて美しいんだ！　胸が痛くなる。

いま、キーランは彼女の肖像画を描《か》いていた。誕生日までには仕上げなければ。きっと驚くぞ！

肖像画が得意だとは思っていないが、アレクサンドラの肖像画は自分の厳しい目で見ても、いい出来だった。

「わたしはけっこうよ」アレクサンドラは首を横に振った。髪が顔のまわりや背中で揺れる。「シャワーを浴びて疲れをほぐすわ」

「二人とも何も食べていないな」アレクサンドラに注ぐキーランのまなざしはどこまでも優しい。「何か取り寄せようか？」

アレクサンドラは涙が出そうになった。向きを変え、そっと涙をぬぐった。キーランはこれまでとどこか違う。わたしを許そうとしているのかしら？　わたしが犯していない罪を許そうとしているの？

「よかったら、卵があるわ。それにスモークサーモンも」アレクサンドラはバスルームに向かって廊下を歩きながら言った。葬儀や自分自身の問題で疲れていた。それに明日の夜の美術展のことでしなければならないことがたくさんある。

「いいね」キーランは答え、バーボンをストレートであおった。「早く出ておいで。きみがいないと耐えられない」

熱い湯がアレクサンドラの顔から体へと流れ落ちていき、彼女の気持ちを落ち着かせた。母が嘘《うそ》をついていたことをどうやってキーランに話せばいいのだろう？　彼女は思案にくれた。

すべての嘘にはそれなりの理由がある。母はわたしを愛していた。キーランの子どもを身ごもり、三カ月になると話したとき、母は計り知れないほどのショックを受けた。しかし、それからまもなく、わたしは流産した。母はわたしの将来にさまざまな夢を描いていた。それをわたしは台なしにしてしまい、学業さえ終わらせることができなかった。あのとき、母はわたしの人生からキーランを追い払おうと決心し、彼を欺いたのだ。娘は子どもを中絶するとひとりで決め、そのとおりにしてしまった、と。そのとてつもない嘘を、キーランは信じてしまった。

キーランは母との約束を守り、何も言わずに、何年も苦しんだ。母の嘘が二人の人生に大きな障害となって立ちはだかった。彼は見かけは快活だけれど、内面はとても繊細だから……。

アレクサンドラは顔を上げ、湯が顔から胸へ流れるに任せた。

「出ておいで」キーランがバスルームに入ってきて、かすれた声で言った。シャワー室にいるアレクサンドラの姿を見て、彼はすでに興奮を覚えていた。彼女の細い腕が上がると、胸のふくらみも上がる。まるで生まれたままの姿で雨の中に立っているようだ。

アレクサンドラがシャワーを止めると、キーランはバスタオルを取った。

「おいで」彼はシャワー室のドアを開けた。その声はきみが欲しいと語っている。「ぼくが乾かしてあげよう」

アレクサンドラはバスマットの上に立った。キーランは柔らかなバスタオルでサンドラの体を包んだ。それから膝をつき、小ぶりな胸のふくらみや谷間、腿の付け根、脚をふいていく。

たちまちアレクサンドラは全身がかっと熱くなった。「キーラン！」両手で彼の頭をつかんで上向かせ、目をしっかりと合わせる。すると、キーランは立ちあがり、彼女をしっかりと抱き寄せて唇を重ねた。

「きみから十分と離れていられない」

キーランはキスをし、愛撫《あいぶ》を続けた。やがて自分を抑えることができなくなり、彼はアレクサンドラを抱きあげた。彼女のいかにも女らしい優しさがキーランをシルクのように包みこんだ。

アラーナはワンガリー邸のキッチンに夢心地で座っていた。

ラドクリフ・エンタプライズの最高経営責任者《CEO》が、ジャスミンライスに添えるタイ風の鶏肉《とりにく》の炒《いた》め物《もの》をつくっている。

「グウェンはどうしたの？」疲れきっていたアラーナはテーブルに肘をついて尋ねた。グウェンは四十年以上もラドクリフ家で働いている家政婦だ。

「二、三日、娘さんと過ごしてきてもいいと言っておいた」

「妙な感じだわ、あなたが料理をするなんて」

「ときどき自分でもびっくりするよ」ガイはほほ笑んだ。「これがまたうまいんだ」

「いいにおい。チリ、コリアンダー、ジンジャー……手伝えなくてごめんなさい」

「きみはそこに座っていればいい。ワインを飲んでごらん。緊張がほぐれるかもしれない」

「自分の体じゃないみたい」アラーナは悲しげに言い、ワインをひと口飲んだ。

「食べたら、少しは気分がよくなる」ガイはなんとか慰めようとしたが、こんな日にはどんな慰めも無駄だとわかっていた。

数分後、ガイは青と白の美しい皿をアラーナの前に置いた。湯気が立ちのぼるジャスミンライスにいいにおいのする炒め物がのっている。

「ありがとう」アラーナは真顔でガイを見上げ、礼を言った。「優しくしてくれるのね」

「きみに優しくするのは簡単だ……」ガイはそれ以上言わないように自制した。いまは自分の気持ちをぶつけるときではない。「さあ、食べたまえ！」

「ベルを鳴らしてほしいところね」

アラーナは笑い、フォークを手に取った。ガイがせっかくつくってくれたものだからと思い、彼女は一生懸命食べた。

「おいしい」しばらくして彼に見られていることに気づき、アラーナはわざとらしく目を見開いた。

「ありがとう、ミズ・キャラハン。けれど、びっくりしたような顔を見ると、はたして喜んでいいものやら」ガイが向かい側に腰を下ろした。

「よして……冗談だとわかっているくせに」不意にアラーナの笑みがゆがみ、震えるようなため息がもれた。

「頼む、泣かないでくれ」口にしたあとで、アラーナが彼の前では泣かないと言ったことをガイは思い出した。とはいえ、これほどの悲しみに遭うとは思っていなかったのだろう。「何も言わなくていい。いまは食べることに専念したまえ」

「あなたって本当にすばらしい人ね。赤ん坊みたいにわたしの食事の世話を焼きかねないわ」

「まじめに聞くんだ」ガイがたしなめた。「でないと、寝てしまう前に無理やり食べさせるぞ。それはともかく、医者から睡眠薬をもらってある。眠れないときのためにね」

「わたしが何もかも忘れることができるように、ということ？」アラーナはガイと目を合わせた。「わたしはそんなに弱い女じゃないでしょう？」

ガイはテーブルをまわっていますぐアラーナを抱きしめたかった。しかし、最後の自制心を奮い起こした。こんなときに、原始的な衝動を持つだけでも、アラーナを冒瀆《ぼうとく》するような気がした。

「もちろん違う。きみは勇敢だ。さあ、もうひと口食べて」

「承知いたしました！」アラーナは悲しげな笑い声をあげた。「でも、睡眠薬はいらないわ。どうしても必要になるまでは使いたくないの」

「わかった」ガイはそれ以上勧めなかった。

アラーナは寝室から二階の広い廊下に出た。すばらしい絵画やアンティーク、等間隔に置かれた椅子など、まるで美術館のようだ。自分の位置を確かめるように、彼女はしばらくあたりを見まわした。

わたしは横になったとたんに眠ってしまったらしい。やっぱりガイが睡眠薬をのませたのかしら？

十時ごろ、ビスケットと一緒に温かいミルクを飲んだあと、二階の豪華な寝室に案内された。アレクサンドラの寝室だった。娘が頻繁に家に帰ってくるようにとセドニーが改装したという。

セドニー・ラドクリフはわたしを嫌っている。理由はわかる。たぶんわたしの母とガイの父親との関係を強く意識していたのだろう。でも、わたしの両親は幸せだったでしょう？　ブライアーズ・リッジの敷地を散策するとき、二人はいつも手をつないでいた。母は父が冗談を言うたびに笑った。母は父の人生の中心だった。

ガイは廊下の壁の燭台《しょくだい》に火をともしていた。アラーナひとりのために。他人の家で戸惑わないようにという配慮だろう。

そこで、アラーナははっとした。

わたしはこんな格好で真夜中に何をしているの？　ナイトドレスにローブを羽織っただけの姿で。彼女は急いで部屋へと戻りかけた。いつもはこんなに狼《ろう》狽《ばい》したりはしない。でも、薄暗い部屋で目を覚ました瞬間から、ひとりでいたくないと思った。ガイと一緒にいたいと強く願った。彼の腕に抱かれて安心したかった。ガイは結婚を申しこんでくれたでしょう？　彼の部屋を訪ねても驚いたりしないはずだ。

問題は彼がどこにいるかわからないことだった。アラーナはまた向きを変え、歩きだした。寝室が全部で十二あることは知っている。だが、ガイの寝室がどれかは知らない。

アラーナは不意に怖くなった。これほど気が弱くなったことはない。立ち止まり、ためらいがちに声を出した。「ガイ？」

あたりは静まり返っていた。自分が愚かに思える。わたしは何をするつもりだったの？　ガイの名前を呼びながら、ひと晩じゅう廊下を行ったり来たりしているつもり？

ガイ、どこにいるの？　あなたが必要なのよ。

「アラーナ？」

待ち焦がれた声が聞こえた。よかった！

「そんなところで何をしている？　大丈夫か？」

ガイは階段のほうから足早に近づいてきた。つまり、彼は一階にいたのだ。

「いいえ、大丈夫じゃないわ」アラーナはかぶりを振った。「下で寝ていたの？」ガイは数時間前に寝室に案内してくれたときと同じ格好だった。

「ちょっと眠れなくて、本を読んでいた」

「きっとおもしろい本なのね。貸してもらわなければば」緊張したまなざしでガイを見つめる。「いま何時かしら？」彼女はかすれた声できいた。

「そんなに遅い時間じゃない。二時だ。ぼくに一緒にいてほしいのか？」さりげなく尋ねたものの、ガイは自分の意志の力が試されるとわかっていた。

「ええ、そのとおりよ」アラーナはうれしそうに言い、寝室へと戻っていった。

「きみがもう一度眠るまでここにいるよ」ガイは穏やかに言った。「睡眠薬をのめばいいのに」

「あなたこそのめばよかったのに」

「のんだら、きみの声が聞こえなかった」

「あなたが必要なの」アラーナはきっぱりと言った。

ガイの耳には、求めているというより、腹立たしげな口調に聞こえた。「いいね。必要とされるのは好きだ」

二人は豪華な寝室に入った。

「ローブを脱いで、ベッドに入るんだ」ガイが言った。「ぼくは寝椅子で横になるから」

ガイの声はどこまでも優しかったものの、顔はこわばっていた。わたしはとんでもない勘違いをしているのかもしれない。ガイは本当はわたしと一緒にいたくないのでは？　もしかして彼を煩わせているのかもしれない。

アラーナがローブを脱いで、ベッドわきに立った。真っ白なナイトドレスはコットン製で、ピンタックと小さな真珠のボタンがつき、青いかごに入ったピンクの薔薇《ばら》の刺繡《ししゅう》が施されている。しかし、決して魅惑的なナイトドレスではない。妹の持っている美しいランジェリーとはまったく違う。だが、アラーナは美しく、長い髪はベッドわきの明かりに照らされて金色に輝いている。ガイは下腹部の熱いうずきと闘いながら、アラーナを守りたいと強く思った。

ガイは一歩ベッドに近づいた。「さあ、ベッドに入ろう」痛いほどの欲望をいだきながらも、彼の声は驚くほど穏やかだった。

「子どもみたいに話しかけないで」ぴしゃりと言ってアラーナはベッドに入った。ガイにじっと見つめられ、美しいはしばみ色の目に涙があふれた。アラーナは手を伸ばし、彼の手に触れた。「椅子なんかで寝ないで。ここにいて」

ガイは必死に欲望を抑えた。「きみの隣に寝たら、愛し合いたくなる。わかっているのか？」

アラーナはガイの張りつめた顔を見つめた。「少しもわからないわ。今夜はずっとわたしを大好きないとこのように扱っている。わたしとの結婚を考えていると思っていたのに」

ガイの目に炎が燃え立った。「結婚を考えているんじゃない。きみと結婚するんだ」

「わたしはあなたに気に入ってもらえるかしら？」

「ばかなことを言うんじゃない」いまアラーナにキスをしたら、分別を失ってしまう。そう思い、ガイはベッドから離れ始めた。

「わたしの横で寝てくれないなら、あなたと結婚しない」アラーナは最後通告のように言った。「それでもいい？」奇妙な感じだった。悲しくて、混乱しているのに、興奮している。ガイの全身を身近に感じたかった。彼の体に触れていたかった。

「わかった」ガイはきっぱりと言った。「向こうへ移って」

アラーナは即座に体を滑らせて移動した。顔には勝ち誇ったような表情が浮かんでいる。「服を着たままだと寝心地が悪いでしょう？」

ガイはうめいた。「きみが悲しみから立ち直るまでは脱ぐつもりはない。靴は脱いだがね」

ガイは上掛けの上に横になった。アラーナは上掛けの下だ。彼は頭の下に枕《まくら》を二個置き、アラーナを見つめた。彼女はガイのほうに体を向けて横になっている。薔薇のような胸のふくらみが見える。

そのとき、片方の腕がガイに向かって伸びてきた。

「もう寝なさい」ガイは諭すように言った。

アラーナはため息をついた。「いい子だから、なんて言ったら、叫ぶわよ」

「ぼくも寝るから」

しばしの沈黙のあと、意を決したようにアラーナが言った。「抱いて」

できない、とガイは思った。アラーナを自分のものにしたいという欲望に身も心も屈しそうだ。だが、アラーナが大きな悲しみに見舞われている状態のときに、どうしてそんなまねができるだろう？　アラーナに自分がいかに危険を冒しているか知ってほしかった。ぼくは聖人ではない。ぼくを信頼しきっている美女をすぐにでも欲しいと思っている男だ。美しいバージンの体を自分のものにする喜びを味わいたいと願っている。彼女がぼくのためにバージンを守ってきたなどと誰が思っただろう？

しばらくしてアラーナが口を開いた。悲しげな声で言う。「ごめんなさい。困らせるつもりはなかったの。いまはそのときではないとわかっているわ」

アラーナが目を閉じると、ガイは彼女の体を引き寄せた。濃いブロンドの髪が彼の肩に触れる。

「父はわたしたちを置いて逝《い》ってしまった」アラーナは慰めを求めるように体を密着させた。「これから本当に寂しくなるわ」

「そうだね。ぼくも寂しいよ」ガイはゆっくりとアラーナの髪を撫《な》でた。

そうしているうちにアラーナは眠りに落ちた。

自宅にいるときと同じく、一羽の笑い翡翠《かわせみ》が夜明けを告げた。眠りから覚めたアラーナは、自分がどこにいるかに気づき、はっとした。ガイにこれ以上ないほどの優しさで髪を撫でられていたことは覚えている。ガイの姿はなかったが、寝椅子の上に上掛けが残っていた。記憶が曖昧《あいまい》だ。わたしは彼をベッドに誘わなかっただろうか？　父を埋葬したその日の夜に？　胸がつぶれそうだった。ガイも父もわたしの行為を恥ずかしく思うに違いない。いったいわたしはどうしたの？　自分から彼を誘ったこと、そして拒否されたことに、身がすくむ思いがした。わたしは彼の欲望の対象ではなかったのだ。

アラーナは打ちのめされた。

五分後、アラーナは着替え用に持ってきていたジーンズと白いタンクトップを身につけ、かかとの低い靴を履いた。残りのものはあとで取りに来ればいい。家に帰ろう。ばかなまねをした。嵐《あらし》の海でおぼれる女のようにガイにしがみついたことはまだしも許される。だが彼を誘惑したことは許されない。けがらわしい。アラーナは自分が情けなかった。

ベランダから外に出て、裏の階段を下りた。あたりに人の気配はない。

馬が囲い地にいたので、口笛を吹いて一頭を呼び寄せ、裸の背に飛び乗った。

「さあ！」アラーナは去勢馬のたてがみをつかみ、かかとで腹を蹴《け》った。裸馬に乗るのも平気だった。ブライアーズ・リッジまでは二キロもない。

家に帰って数分後、電話が鳴った。ガイだろう。アラーナは鳴るに任せた。まず気持ちを落ち着かせる必要がある。でも、どうやって？　心も頭も、脚までもまともに機能していなかった。キッチンに行き、お茶をいれよう。それにトーストも。分別を失ってしまうのは恐ろしい。でも、これこそ恋をした証拠だ。彼女は生まれて初めて無力感を覚えた。

湯がわいたとき、車が私道に入ってくる音が聞こえた。聞き覚えのあるエンジン音に、アラーナは立ちすくんだ。隠れるわけにはいかない。玄関まで行くしかない。馬を盗んできたのだから。

階段を上がってきたガイの顔は心なしか青ざめていた。「とにかく無事だったんだな」張りつめた声で言う。「いったいなんのまねだ？　きみが裸馬に乗って突っ走るところを従業員が見ていた」

「馬に危害は加えていないわ」アラーナは顎をぐいと上げた。「それを確かめに来たんでしょう？」

ガイは顔をしかめた。「どうしてきみはそうなんだ？」

「あなたこそ、どうしてそうなの？」アラーナは言い返し、家に走って入ろうとした。

ガイはすぐさまアラーナを追い、彼女を自分のほうに向かせた。「アラーナ、どういうことだ？　話してくれたら、一緒に解決できる」

「話すことなんかないわ」愛するがゆえに、ガイが憎かった。「でも、お礼は言うべきね。あなたがわたしたちにしてくれたすべてのことに。本当にありがとう。あなたはすばらしかった。ガイ・ラドクリフ、あなたはまさに谷の領主《ロード・オブ・バレー》よ。でも――」

「黙れ！」ガイは両手でアラーナの肩をつかんで遮った。これまでずっと抑えていた感情に火がつき、頭に血がのぼっていた。どんな男にも限界というものがある。ゆうべは欲望と闘い続け、一睡もできなかった。まったく！　アラーナはぼくの高潔な精神を侮辱した。激情に屈しなかったぼくを、まるで彼女を無理やり奪ったとでもいうような目でにらんでいる。許すわけにはいかない。

「ガイ！」アラーナはおびえた。ガイがこれほど怒ったのを見たのは初めてだった。

「きみを傷つけるつもりはない」ガイの黒い目が光った。「ぼくを見るんだ」

「強くつかまれているから、逃げることも隠れることもできないわ」アラーナは言い返した。動悸《どうき》が激しくなる。

「きみを愛している。傷つけたりはしない」ガイは激した口調で言った。「なぜ震えているんだ？」

「あなたがつかんでいるからよ」

ガイはすぐに手をゆるめた。「すまない」

「謝らないで。つかんでいてほしいのに。ただし、優しくね。わたしはあなたに愛してもらいたくてたまらないの。きのうの夜……わたしは……」

「話してくれ」ガイはアラーナのなめらかな喉を包むように手を滑らせた。

「あなたを誘惑しているように見えたでしょうね。ごめんなさい。本当に恥ずかしいわ。わたしはただ寂しかっただけなの。あなたが何百キロも離れたところにいるように感じて……自分をどうにも抑えられなかったの」

ガイは問いかけるようなまなざしをアラーナに向けた。「だったら、ぼくが抑えられないことも理解できるはずだ」彼は手を下へと滑らせ、彼女の腰をつかんで引き寄せた。自らの興奮が伝わるように。

だが、アラーナはどうしてもガイに言っておきたいことがあった。「愛しているわ」熱をこめて告げる。「ずっとあなたを愛していた。あなたはわたしが愛し、尊敬できる唯一の男性で――」

ガイのキスで口をふさがれ、アラーナは最後まで言うことができなかった。わたしが人生をともにしたいただひとりの人なの、と。ガイは何もかもわかっているようだった。いまアラーナがすべきことは、彼をしっかりとつかみ、離さないことだった。

キスだけでは充分でなくなり、ガイはアラーナを軽々と抱きあげて二階の寝室へ入り、ベッドに横たえた。

「避妊具は必要か？」ガイが切迫した声できいた。

アラーナはかぶりを振った。「大丈夫よ」

ガイはベッドの端に座り、アラーナを見下ろした。「きみのためならどんなことでもする」ガイは真顔で告げた。「きのうもきみが欲しくてたまらなかったが、きみの悲しみにつけこむような気がした。きみを拒否していたんじゃない。実際、ぼくは興奮していた……いまのように。答えてくれ。きみはぼくを望んでいるんだな?」

「あなた以上に欲しいものはこの世にないわ」

ガイは顔を寄せてキスをしながら、タンクトップとブラジャーを肩から外した。

歓喜のドラマの始まりだった。ガイはゆっくりとアラーナの衣類を脱がせ、欲望の浮かんだまなざしで彼女を見つめた。脱がせ終わるや、立ちあがって自分の服を手早く脱いだ。

彼の興奮が伝染したかのように、アラーナの全身を興奮の震えが駆け抜け、血がたぎった。ほどなくガイはベッドに横たわり、アラーナの腕を左右に広げて、胸のふくらみに唇を近づけていった。

「怖がらないで」ガイは優しく言った。「してほしいこと、してほしくないことを正直に言うんだよ。きみにとってすばらしい体験になると誓う。一生忘れられない美しい思い出になるとね。うまく説明できないが、ぼくにとっても初めての体験のような気がする」

大好きな彼の声に、アラーナはうっとりとした。

その夜、セドニー・ラドクリフは上流階級の友人たちと美術展に足を運んだ。予想どおり、ギャラリーは盛況で、どの絵にも売約済みの赤い札が貼《は》ってあった。モリス・テンプルトンはキャリアの長い画家で、熱狂的なファンを持っている。セドニーも彼の絵を何枚か持っていた。

部屋の反対側に画家と話しているアレクサンドラがいた。セドニーは美しく聡明《そうめい》な娘が誇らしかった。

しばらくして、美術評論家のコリン・スコールズと歩いているキーラン・キャラハンの姿が目に入った。彼の肩あたりまでしかないコリンは、太った操り人形のように見える。確かに娘の恋人はとても魅力的だ。黒いシャツにデザイナーズ・ブランドのスーツを着た彼を、誰も貧しい牧羊業者とは思わないだろう。

わたしがここに来たのはするべきことがあるからだ、とセドニーは自分に言い聞かせた。わたしは勇気を失っていない。二人を別れさせるためにできることはすべてやった。その結果、かなりの長きにわたって娘からキーランを遠ざけることに成功した。だが、結局はうまくいかず、わたしの美しい娘はアナベル・キャラハンの息子と強いきずなで結ばれている。何もかも制御不能になった。けれど、人生を制御するなんて不可能だ。もしできたら、それこそ恐怖だ。

ガイとアラーナが、そしてキーランとアレクサンドラが恋に落ちるとは思ってもいなかった。わたしのすばらしい息子が、アナベルと生き写しのアラーナと一緒にいるところを見たとき、息子は彼女を愛していると直感した。なんという皮肉だろう！　喪が明けたら、ガイはアラーナと結婚するだろう。チャールズ・デンビーと同じく、わたしも、発想を百八十度転換しなければいけない。そうしなければ、娘や息子から愛情と尊敬の念を得られないだろう。子どもたちに嫌われたら、生きてはいけない。それに、わたしはすばらしい祖母になるのだ。

そのとき、キーランがひとりになった。早く行動に移さなければ。彼のような男性にはすぐに人が押し寄せる。セドニーはすばやく彼のほうへ歩を進めた。たくましく成熟した女はどんな屈辱にも耐えられる。不思議なことに、それには思いがけない解放感が伴っていた。

告白というものは、人に安らぎを与えてくれるらしい。

エピローグ

四カ月後、ガイ・ラドクリフとアラーナ・キャラハンの結婚式が、花婿の所有する由緒あるワンガリー邸で挙げられた。式は、一八八〇年代に家族と使用人のために建てられたゴシック様式の美しいチャペルで行われた。

ガイの両親はシドニーの大聖堂で華々しく式を挙げたが、ガイとアラーナは結婚式を田舎の祝い事の形にしたかった。そうすることで、互いの愛情とバレーに対する愛情を示そうと考えたのだ。バレーの人々も二人の決定に大喜びした。

式には親族と親しい友人たちが出席した。チャペルは白とクリーム色の花でエデンの園のように飾りつけられ、磨きあげられた会衆席の端には大きなサテンのリボンが結ばれている。小さなチャペルだが、一族の敷地内に立つその姿には風格があり、このよき日に合わせたかのように薔薇《ばら》園には色とりどりの大輪が咲き誇っている。披露宴には三百人近い客が招かれ、植物園を思わせるみごとな敷地に用意されたクリーム色と金色の大テントに集っていた。

美しい花嫁は目の覚めるような豪華でロマンチックなウエディングドレスに身を包んでいた。ストラップレスの身ごろはきらきらと輝く水晶と小粒の真珠に覆われている。ウエストは片手でつかめそうなほど細く、スカートは渦を巻くように大きく広がっていた。兄のキーランと腕を組んで通路を歩くと、花嫁の顔を包むたっぷりと襞《ひだ》のついたベールが、長く裾《すそ》を引いた。最近、バレーの人たちはキーランが美術界で有名になったことを知った。アレクサンドラ・ラドクリフが関係しているに違いない、とみんなはうわさした。

ベールは、中央に高価なアンティークのダイヤモンドがついているみごとな頭飾りで留められている。花婿の母がこの日のために花嫁に貸したものだ。花嫁付添人は花嫁のいとこのヴァイオレット、リリー、ローズ、それに花婿の妹のアレクサンドラ・ラドクリフの四人が務めた。

いずれもみごとな容姿の付添人たちは、スリップに似た豪華なサテンのドレスを着ていた。腰をぴったりと包み、柔らかな襞が床へと流れている。アレクサンドラは、V字形に切れた襟もとに合うように年代ものの長いネックレスを全員に用意し、さらなる魅力を引きだした。

四人がつけているタヒチの真珠のイヤリングは花婿からの贈り物だった。

まばゆいばかりに美しい花嫁がベールを上げ、グレーのモーニング姿の華やかな花婿と向き合ったとき、すべての女性たちの目に涙がにじんだ。花嫁のおじのチャールズ・デンビーも真っ白なハンカチでそっと目を押さえた。

美しく、感動的な式だった。花嫁と花婿が互いにかぎりない愛情を注いでいるのは誰の目にも明らかで、彼らが放つ愛のきらめきがまるで天から降り注ぐ光のようにみんなを照らした。まさに神の恵みをたまわりし二人だった。

二人の結婚はワンガリー・バレーをよりすばらしいものにするだろう、と皆が思った。

「アラーナ・キャラハンは、ガイ・ラドクリフを生涯の……」牧師が厳かに述べ、誓いの言葉を花嫁に促した。

アラーナは胸がいっぱいで声が出ないかと思っていたが、〝はい〟と力強く答えることができた。心の底から出た美しい声だった。

やがて式が終わると、ガイはアラーナを抱きしめた。

「心から愛している」ガイは妻の柔らかな唇にささやいた。「ぼくの妻、美しいアラーナ」

「あなたを心から愛しているわ、ガイ……わたしの夫」アラーナもささやき返した。幸福でいっぱいだった。

二人は晴れて夫婦となり、参列者のほうへ体を向けた。その瞬間、オルガンが《結婚行進曲》を高らかに奏でた。まるでこの瞬間を待っていたように、チャペルの西の窓のステンドグラスから陽光が差しこみ、万華鏡のような色で花嫁のベールを照らした。

将来に向けての吉兆だと誰もが思い、チャペルに歓喜の声があがった。

いずれ劣らぬ魅力を持つ花嫁付添人たちもうれしそうに二人のあとに続いた。自分たちの結婚式もそう先ではないとアレクサンドラは思っていた。ガイの立場と、バレーでの彼の功績に敬意を表し、彼女とキーランはガイたちの結婚式が終わるまで待つことに決めたのだ。いままで結婚式をあざ笑ってきたキーランも、今日ばかりは愛情の持つ力に感動していた。

花婿の母は年配の親戚《しんせき》につぶやいた。「これほど完璧《かんぺき》な結婚式があるかしら？」

「あるわけないでしょう」親戚が笑みをたたえて答え、言葉を継いだ。「それにね、セドニー、二人の幸せは始まったばかりなのよ」

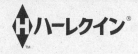

ハーレクイン・イマージュ　2009年8月刊（I-2038）

領主と無垢な恋人
2024年7月20日発行

著　者	マーガレット・ウェイ
訳　者	柿原日出子（かきはら　ひでこ）
発行人	鈴木幸辰
発行所	株式会社ハーパーコリンズ・ジャパン 東京都千代田区大手町 1-5-1 電話 04-2951-2000（注文） 0570-008091（読者サービス係）
印刷・製本	大日本印刷株式会社 東京都新宿区市谷加賀町 1-1-1
表紙写真	© Elina Leonova ｜ Dreamstime.com

ISBN978-4-596-63702-4 C0297

7月26日発売　ハーレクイン・シリーズ 8月5日刊

ハーレクイン・ロマンス

愛の激しさを知る

コウノトリが来ない結婚	ダニー・コリンズ／久保奈緒実 訳	R-3893
ホテル王と秘密のメイド《純潔のシンデレラ》	ハイディ・ライス／加納亜依 訳	R-3894
ときめきの丘で《伝説の名作選》	ベティ・ニールズ／駒月雅子 訳	R-3895
脅迫された花嫁《伝説の名作選》	ジャクリーン・バード／漆原　麗 訳	R-3896

ハーレクイン・イマージュ

ピュアな思いに満たされる

愛し子がつなぐ再会愛	ルイーザ・ジョージ／神鳥奈穂子 訳	I-2813
絆のプリンセス《至福の名作選》	メリッサ・マクローン／山野紗織 訳	I-2814

ハーレクイン・マスターピース

世界に愛された作家たち
〜永久不滅の銘作コレクション〜

心まで奪われて《特選ペニー・ジョーダン》	ペニー・ジョーダン／茅野久枝 訳	MP-99

ハーレクイン・ヒストリカル・スペシャル

華やかなりし時代へ誘う

ハイランダーの秘密の跡継ぎ	ジェニーン・エングラート／琴葉かいら 訳	PHS-332
伯爵に拾われた娘	ヘレン・ディクソン／杉本ユミ 訳	PHS-333

ハーレクイン・プレゼンツ作家シリーズ別冊

魅惑のテーマが光る
極上セレクション

炎のメモリー	シャロン・サラ／小川孝江 訳	PB-390

※予告なく発売日・刊行タイトルが変更になる場合がございます。ご了承ください。

今月のハーレクイン文庫

7月刊 好評発売中！

Harlequin 45th Anniversary

帯は1年間"決め台詞"！

珠玉の名作本棚

「プロポーズを夢見て」
ベティ・ニールズ

一目で恋した外科医ファン・ティーン教授を追ってオランダを訪れたナースのブリタニア。小鳥を救おうと道に飛び出し、愛しの教授の高級車に轢かれかけて叱られ…。

（初版：I-1886）

「愛なきウエディング・ベル」
ジャクリーン・バード

シャーロットは画家だった亡父の展覧会でイタリア大富豪ジェイクと出逢って惹かれるが、彼は父が弄んだ若き愛人の義兄だった。何も知らぬまま彼女はジェイクの子を宿す。

（初版：R-2109「復讐とは気づかずに」）

「一夜の後悔」
キャシー・ウィリアムズ

秘書フランセスカは、いつも子ども扱いしてくるハンサムなカリスマ社長オリバーを愛していた。一度だけ情熱を交わした夜のあと拒絶されるが、やがて妊娠に気づく——。

（初版：I-1104）

「恋愛キャンペーン」
ペニー・ジョーダン

裕福だが仕事中毒の冷淡な夫ブレークに愛されず家を出たジェイム。妊娠を知らせても電話1本よこさなかった彼が、3年後、突然娘をひとり育てるジェイムの前に現れて…。

（初版：R-423）